그가
아직
살아 있는
이유

7인 소설집
그가 아직 살아 있는 이유

초판 1쇄 찍은날 2022년 8월 19일
초판 1쇄 펴낸날 2022년 8월 22일

지은이 김인호 정의연 김 혁 한상준 배명희 구자명 최서윤

펴낸이 최윤정
펴낸곳 도서출판 나무와숲 | **등록** 2001-000095
주 소 서울특별시 송파구 올림픽로 336 910호(방이동, 대우유토피아빌딩)
전 화 02)3474-1114 | **팩스** 02)3474-1113 | e-mail : namuwasup@namuwasup.com

ISBN 978-89-93632-87-3 03810

그가
아직
살아 있는
이유

7인 소설집

김인호
정의연
김 혁
한상준
배명희
구자명
최서윤

다시 '뒷북'으로!

"다시 가자고, '뒷북'으로!"

동인 중 한 분의 외침에 모두 흔쾌히 동의했다. 아무려나, 소설판의 동인으로 모여 이 맘 저 맘 서로 건네고 받으며 한편으론 아웅다웅도 함께 곁들이며 지내온 세월이 짧지 않다. 그동안 동인 소설집을 여덟 차례 냈다. 또한 들왔다 나가기도 해서 동인들 면면 역시 변화가 있었다. 우리의 정체성, 이를테면 문학적 지향을 담아낸 이름이 '뒷북'이었으니, 50대 초반에 모여 지금에 이르렀다. 하여, "다시 '뒷북'으로 가자"는 구호를 동인 모두는 결연한 함성 이상으로 받아들였다.

2004년 11월, 소설 동인 무크 '뒷북' 창간호 머리말은 이렇게 시작해서 다음처럼 끝을 맺는다.

소설의 전성시대가 있었다. 많은 사람이 소설을 즐겨 읽었다. 대학가든 뒷골목 술집이든 소설은 중심 화제의 하나였다. 어떤 소설책이든 출간되면 출판사가 밑지지는 않았다. 전쟁에서부터 집안일까지 소설은 다양한 제재를 담아 창작되었다. 우리의 담론들은 소설에서 시작되고 재해석되었다. 소설가는 열심히 쓰고 독자는 살뜰하게 찾아 읽던 시대였다. 최소한 80년대 중반까지는 그랬다. 80년대 후반과 90년대 초반을 지나면서 소설은 시위대와 전경이 한바탕 격전을 치른 거리처럼 황폐해졌다. ...(중략)...

우리는 아직도 우리의 목소리를 다 내지 못했다. 같은 세대 몇몇 주자를 제외하면 대부분은 우리의 목소리를 내보기도 전에 시대의 격랑에 휩쓸렸다. 이제 우리는 그 모든 격랑과 부침과 의기소침을 뒤로 흘려보내고 새로운 파도를 맞으려 한다. 우리 가슴을 치고 가는 물결이 다음 세대로 이어지는 새롭고 의미 있는 소설로 거듭나게 하리라 다짐하며 여기 징검돌 하나씩 놓는다.

우리의 소설은 이제 시작이다.

'뒷북' 창간호의 머리말을 오늘 다시 읽으며 느끼는 심중은 새삼스레 흥겹고, 고맙다. 그동안 시절이 흐르고 세상이 바뀌었으며 육신은 나약해졌어도 동인들의 소설 생산력이나 작법의 감각은 여전히 꼿꼿하다. "우리의 소설은 이제 시작이다"라는 결의로부터 여전히 한 치의 물러섬 없어 보이는 동인, 벗들의 과분한 열정에 더욱이나 놀랍고 격한 흥분을 감추지 못한다.

우리는 동인의 명을 잠시 지구의 기울기인 '23.5'로 바꿨었다. '우주 안에서 지구만이 중심이 아니듯 지구 안에서도 인간만이 중심이 아니니, 인간 중심의 세상을 삐딱하게 보자'라는 뜻에 꽂히기도 했다. 동인들의 작품이 그때의, 그곳의 현상을 증명하고도 남는다.

우리는 이제 다시 '뒷북'으로 돌아가고자 한다.
우리의 소설판이, 아니 더 나아가 문학장 전반이 궤멸의 지경에 이르렀다고 아우성치는 이즈음에 저 창간호 머리말에서 밝혔듯 '그 모든 격랑과 부침과 의기소침을 뒤로 흘려보내고 새로운 파도를 맞으려 한다. 우리 가슴을 치고 가는 물결이 다음 세대로 이어지는 새롭고 의미 있는 소설로 거듭나게 하리라 다짐하며' 다시금 우리의 외침을 확인하고자 한다. 우리의 결단은 모질고 억세다. 이번 동인 소설집은 그런 우리의 드센 다짐을 드러내는 결과이기도 하다. 일독을 권한들 부끄럽지 않다.

이번에 우리는 그동안 평론을 중심으로 글을 써왔던 김인호 작가를 동인으로 모셨다. 그의 글쓰기의 역량과 연륜이 우리를 더욱 추동하리라, 크게 기대한다.

땀흘려 쓰고, 피 토하며 세상과 격하게 맞닥뜨리자, 동인들이여!

2022년 여름

차 례

갈재에 오르다

김
인
호

문을 열자 갈재가 보였다. 저길 넘자. 그런 생각만으로도 산이 열렸다. 입암산과 방장산 사잇길. 소름이 돋았다. 눈앞에 두고 50년 넘게 넘어 보지 못한 고갯길이 불쑥 열린 것이다. 장성군 북일면 오산리. 파란 하늘에 솔개 한 마리가 떠 있고 그 아래 기차가 연기를 내뿜으며 들판을 가로질렀다. 전쟁이 일어나고, 아버지가 사라진 뒤 가족 중 누구도 가지 못한 곳. 내 고향 신흥리역 부근. 언니와 남동생, 그리고 나에게 그곳은 망각 속에 지워진 곳이었다.

"가실랑가요?"

"글씨, 아즉."

차씨가 말을 걸 때마다 나는 망설였다. 텔레비전에서는 탈북자들이 베이징의 캐나다대사관에 진입하는 모습을 내보냈다. 45명 중에서 44명이 성공했다. 한 명은 어찌 되었을꼬? 못 넘은 한 명이 자꾸 눈에 밟혔다. 아버지도 그랬겠지. 가족을 들여보내고 혼자 담장 밖에 남은 심정이었겠지. 아버지도 산을 넘고 강을 건너 북에 가셨다. 탈북자들은 두만강을 건너 수 개월간 중국 천지를 떠돌다가 다시 국경을 넘어 베트남, 미얀마, 라오스로 들어갔다. 2년 전, 우리나라에서 열린 월드컵 직후, 북한 가족 21명이 어선을 이용해 서해상으로 귀순에 성공하자 탈북 행렬은 가속화되었다. 7월에는 베트남에서 탈북자 468명이 전세기편으로 입국했었다.

"인자, 날 잡자니께요!"

택시 운전기사 차씨가 독촉한다. 그는 이제 장성 가는 것을 기정사실화했다. 자신의 외가도 장성이라던 차씨가 자꾸 같이 가시자니께요, 하다가 가까워졌다. 어머니의 고향과 같다는 것만으로도 가까워진다는 것은 그의 성품이 넉넉하다는 뜻이었다. 나는 그를 보면 유쾌했다. 어떤 상황에서도 밝게 살 사람이었다. 고향 이야기를 하다가 언젠가 함께 갈재를 넘자고 약속한 게 문제였다. 차씨는 결코 잊지 않았다. 하지만 가고 싶다고 다 갈 수 있는 것은 아니잖은가. 그곳은 50년간 넘지 못한 고개였다.

방문을 열고 다가드는 갈재를 바라본다.

북망산이 저럴까.

근아, 잘 지내지야?

누굴까. 친숙한 목소리였다. 금강산 가기 전날 밤, 촛불 켜놓고 기도를 드릴 때, 아주 오래전 기억 속에서 어떤 목소리가 빠져나왔다. 목소리의 정체를 파악하기 위해 두리번거리는데 어둠 속에 아버지의 뒷모습이 나타났다. 9·28 수복 때 헤어지던 모습 그대로였다. 아부지? 나는 다급하게 불렀다. 그 실루엣이 막 사라져갔다.

김인호

아부지, 아부지!

막내인 영이가 아버지를 붙잡으며 울었었다. 나는 왜 매달리지 못했을까. 후회가 밀려들었다. 실루엣이라도 붙잡고 울고 싶었다. 남동생과 나는 아버지의 행방을 찾지 않았다. 어디선가 소문이 들려오기를 바랐지만, 한편으로는 아무런 소식도 없는 것을 다행으로 여겼다.

군사정권 끝날 때까지 빨갱이 사냥이 이어졌고, 수많은 간첩이 억지로 만들어졌다. 그런 상황에서는 아버지를 찾기 어려웠고 찾아낼 방법도 없었다. 그런데 갑자기 금강산을 다녀와도 될 정도로 세상이 바뀌었다. 나는 대학교수인 남동생을 원망했다. 대통령이 북한을 방문했고 이산가족 상봉이 이루어졌다. 하지만 남동생은 의용군에 입대한 기억에서 벗어나지 못했다. 그에게 아버지는 없는 존재였다. 그리고 자신은 언제 빨갱이 사냥에 희생될지 모르는 존재였다. 나는 금강산을 간다는 사실을 남동생에게도 밝히지 않았다.

사람들은 누구나 기억 하나씩 숨기고서 살았다. 누군가는 가장 소중한 기억을 지웠다. 떠올려서는 결코 안 되는 것. 남편이나 아이들에게도 말해서는 안 되는 것. 나는 아버지와 서울 생활에 대한 기억을 꼭꼭 눌러 지웠다. 그건 없는 것이어야 했다. 사람들은 다른 사람의 과거에 관심을 갖지 않았고, 어른들은 자식들에게 자신의 과거를 말하지 않았다. 그것은 실상 치매라도 걸려야 터져 나왔다. 식민지와 광복과 전쟁을 거치면서 생겨난 병이었다.

남편도 그랬다. 1944년에 징병에 끌려갔다가 1948년 겨울에 뼈만 남은 모습으로 돌아왔다는데 그때의 고생을 누구에게도 밝히지 않았다. 나도 그걸 묻고 싶지 않았다. 일본군 포로로서 모욕당한 일들을 기억해서 뭐하겠는가. 함흥으로 귀국해 북에서 교육을 받고 삼팔선을 넘으면서 겪은 고충도 만만치 않았으리라. 나도 내 비밀을 지키듯, 남편도 자신의 악몽을 토로하지 않을 자유가 있었다. 심지어 남편은 전쟁 중 내무서(정읍경찰서)에 구금되었다가 대부분 갇힌 자들이 인민군에게 처형당했으나 그 가운데서 기적적으로 살아남았다. 그 이야기는 남편과 의형제를 맺은 삼남병원 원장이 들려주었다. 남편은 단 한 마디도 그때 일을 밝힌 적이 없었다. 모두 그렇듯 상처를 감추며 살았다.

스무 살까지 장성에서 살았다. 북일면 오산리에서 영광 김씨는 집성촌을 이루었고 우리는 거기서 광복을 맞이했다. 고향집을 떠올리면 뒤채에서 할아버지의 책 읽는 소리, 골목길을 뛰어다니던 아이들의 고함 소리, 동네 뒷산으로 이어진 숲에서 수런거리는 대바람 소리가 들려왔다. 거기서 바라본 갈재는 언젠가 넘어야 할 고갯길이었다.

갈재를 넘긴 넘었다. 그러나 제대로 멀리, 오랫동안 넘지 못했다. 서울에서 산 3년을 제외하고, 지금까지 장성에서 20년, 정읍에서 54년간 갈재에 갇혀 살았다. 정읍에서 결혼해 여섯 아이를 낳았고 시부모님과 남편의 임종을 지켜보았다. 아이 여섯 중 하나를 잃었는데 다섯 아이를 서울로 보냈다. 먼저 떠난 큰애가 요즘 꿈에 자주 나타났다. 강구, 내 아들. 태몽에서 커다란 물방개를 보고 강구라는 아명을 붙여 주었는데, 그가 그만 저수지에 빠져 죽었다. 그 아이가 지금도 고등학생 교복 차림으로 나타난다. 강구가 동생들을 도열시킨다. 동생들은 들쭉날쭉 아이 적 모습으로 나타나 강구를 뒤따른다. 태어날 때 핏덩이 모습, 아장거리며 걷던 모습, 책보자기를 허리에 동여맨 채 달려 나가던 모습. 그런 모습들 하나하나가 손잡고 몰려온다.

쪽마루와 툇마루에 늘어서 재롱 피우는 아이들의 모습은 장관이다. 야단맞은 둘째가 토담가에 기대어 울고, 앞뜰 밭고랑까지 기어 나온 셋째가 햇볕을 이불 삼아 코를 박고 졸고 있다. 저게 언제적 모습일까. 둘짼지 셋짼지 헷갈릴 적도 있었다. 둘째가 우물에 빠져 큰일날 뻔했었지. 그 아들이 자라 오십 줄에 들어섰으니, 참말이지 세월이다. 도시로 떠난 자식들이 모두 아들딸 낳고 잘 살건만 어린애부터 소년기까지의 그들의 모습이 마당과 뜰에 그대로 남아 있다. 나는 그 아이들을 지켜보며 지낸다. 해마다 성장한 아이들이 각기 다른 모습으로 떠올라, 어느 땐 마당이나 마루가 북적일 정도였다. 셋째가 다소 힘들게 사는 게 마음에 걸렸지만 대체로 무난히 살고 있다. 좋은 어미 만나지 못해 힘들었지? 불쑥 이런 말이 뛰쳐나온다. 사실 나는 자식들에게 곰살맞게 대한 적이 없었다.

미군이 인천에 상륙하자 아버지는 가족을 두고 홀로 떠났다. 남은 식구들은 항상 포격 소리를 들으며 살았다. 마음을 놓았다가는 폭탄이 어디에 떨어질지 몰랐다. 그것은 결혼한 뒤에도 달라지지 않았다. 시어머님의 눈빛은 언제나 싸늘했고, 남편의 눈빛은 늘 집 밖 다른 곳을 헤맸다. 그게 다 아버지 없는 딸이라서 그렇다고 생각했다.

엄니가 미쳤능갑네!

중매가 들어오자 나는 펄쩍 뛰었다. 마음에 걸리는 일이 한두 가지가 아니었다. 이혼했을 뿐만 아니라, 가족 일곱 명이 인민재판으로 학살당했다. 아무리 부자라고 해도 받아들이기 어려웠다. 가족 모두 살길을 찾아야 해요. 큰집 오빠가 몰래 찾아와 말했다. 나는 그 의미를 잘 몰랐지만, 어머니는 섧게 울어댔다. 딸이 대들어서 운 것이 아니라 살아가야 할 세상이 서러워서 울었다. 그럴 수는 없제. 어머니는 '딸 하나 딸린 홀아비'라고 속닥거린 중매쟁이에게 저주를 퍼부었다. 그때부터 어머니의 기도는 길어졌다. 자세히 들어 보면 피난살이 한탄이었고 아버지에 대한 원망이었다. 나는 그런 게 싫었다. 기도를 핑계로 도망가는 것보다 더 대들고 더 열심히 살아야 하지 않는가. 어머니의 행상은 바느질하는 나보다 소득이 적었다.

전쟁 1년 전쯤에 구례 사람과 혼담이 오갔다. 사진이 오갔으나 그 뒤로 소식이 끊겼다. 혼담의 주인공이 산에 들어갔다는 소식이 들려왔다. 일본 유학 다녀왔다는 구례 총각이 어떻게 여순사건과 연관된 것인지는 알지 못했다. 혼담이 깨진 뒤로 아버지는 내 결혼에 신경 쓰지 않았다. 아니 정확히 말해서 신경 쓸 틈이 없었다.

김인호

아버지는 매일 분주했고, 급기야 이듬해 전쟁이 일어났다.

전쟁이 일어난 지 3개월 만에 서울 생활을 정리했다. 우리는 피난을 떠났다. 으쩐다요, 아부지? 혼인을 받아들여야 할까요? 남자는 서울에서 중동고등학교를 나왔고, 정읍에서 지방신문 특파원을 한다고 했다. 부잣집 아들인데, 부모님은 무사했으나 무장에 남은 당신네 네 딸과 둘째 아들 부부, 손주까지 일곱 명을 잃었다. 경찰이나 인민군 쪽에서 그런 가족 몰살을 종종 저질렀다. 아버지는 청량리 쪽을 책임지는 인민위원장이었지만 그런 일을 하지 않았다. 그래도 아버지의 서울 행각을 아는 사람들을 피해 살아야 했다. 그것이 고향을 눈앞에 두고도 돌아가지 못하는 이유였다. 내가 아버지를 어떻게 도왔는가는 중요하지 않았다. 전쟁 중에는 살아남는 일만이 중요했다. 부잣집, 좌익 피해자, 상처받은 영혼. 어쩐지 이 사람이라면, 아버지의 실종과 남동생의 의용군 경력을 덮어 줄 수 있으리란 생각이 들었다.

시집 가겠어라!

어머니에게 통보했다. 오히려 어머니가 안 된다며 자꾸 섧게 울었다. 나도 따라 울었다. 나 스스로 결정해 놓고선 덫에 걸린 짐승처럼 몸부림쳤다. 남자의 이혼이 전쟁 와중에 발생한 일이라고 해도, 호적등본에 줄 그어진 그의 이혼 경력은, 나를 뒤뜰에 나가 토하게 만들었다. 이혼한 여자는 그 난리 속에서 무슨 잘못을 했을까. 여자가 죽은 것이 아니어서 더 찜찜했다. 하지만 훗날 곪아 터지는 것보다 깔끔하게 정리했으니 별일 없으리라는 생각도 들었다. 그것보다 우리가 살아남아야 했다.

남편은 우리에 갇힌 짐승이랄까. 왜정 말기에 징병당해 남경에서 외몽골까지 끌려다니다가 시베리아 수용소에서 살아 돌아왔다. 남편에게 소도시는 너무 비좁았다. 그는 농사짓는 일에 관심이 없었고 전답을 관리할 줄도 몰랐다. 그렇다고 가족에게 애틋한 마음을 가진 것도 아니었다. 그는 읍내에서 자기 일을 찾지 못했고, 전주와 서울을 자주 드나들었지만 실속이 없었다. 그는 추수할 때 돈과 쌀을 회수할 뿐, 그것들이 제대로 들어오는지 확인할 줄도 몰랐다. 도무지 자기 재산을 지키고 불리는 일에 서툴렀다. 땅이란 갑자기 사라지는 것도 아니어서 당장에 큰 문제가 발생하지는 않았지만, 그의 소득은 점차 줄어들었고 아이들 교육비까지 걱정해야 할 처지가 되었다.

시부모님이 돌아가신 뒤로 가세는 급격히 기울었다. 나는 남편만 믿다가는 아이 하나 제대로 대학 보내지 못하리라는 생각이 들었다. 남편이 전답을 팔아 현금화하기까지 많은 시간이 걸렸고, 일단 주어진 목돈이란 언제든 쉽게 사라져 버렸다. 남편은 그 뒤로 축산업협동조합 운동을 했지만 조합장을 해도 집에 돈을 가져오는 법이 없었다.

엄니, 힘내세요.

강구가 내게 와서 조그맣게 속삭였다. 남편이 마작판에서 돌아오지 않을 때, 밥 먹다가 밥상을 뒤집을 때, 강구가 애교를 부렸다. 그 어린 녀석이 뭘 알았을까. 그때마다 강구의 까만 눈망울이 빛

김인호

났다. 그 눈빛만 봐도 힘이 났는데, 어느 날 녀석이 떠나 버렸다. 초·중·고 통틀어 공부도 잘해 늘 선생님에게 칭찬받던 아이였다. 강구가 저수지에서 사고로 죽고 난 뒤 나는 삶의 희망을 잃었다. 남편이 죽은 아들 책가방을 붙잡고 통곡했다. 다섯 명의 아이들이 줄지어 서서 아빠를 보며 눈을 끄먹거리고 있었다.

남자들도 울었다. 여운형 선생이 돌아가셨을 때 나는 아버지의 울음을 처음으로 보았다. 소식을 전한 읍내 아저씨가 난감한 표정을 지었다. 아버지가 갈재 쪽으로 고개를 돌리고 소리 죽인 채 울었는데, 그것은 거의 통곡에 가까웠다. 남동생과 나는 김구와 이승만은 알아도 여운형은 잘 몰랐다. 아버지는 문상 가겠다며 행장을 차렸다.

아버지는 떠나면서도 말을 잇지 못했다. 으쩐다냐, 이 나라를! 나는 잘 이해하지 못했지만, 이승만이 여운형을 싫어하고, 아버지가 여운형을 가장 좋아한다는 사실만은 분명했다. 아버지는 서울에 다녀온 뒤 폭탄선언을 했다.

이삿짐 챙겨라!

아버지가 갈재를 보며 말했다. 아버지는 장성 지역 건준 조직책이었다. 모든 일이 순식간에 벌어졌고, 우리는 찬바람이 불 무렵 아버지를 따라 이삿짐을 쌌다. 갑작스러운 일이었지만 오히려 나는 신이 났다. 서울 올라가면 여학교도 다니리라고 생각했다.

서울은 거대했다. 나는 그 속에서 길을 잃었다. 촌뜨기가 큰

도시에서 적응하는 일이 쉽지 않았다. 고향집이 자주 꿈속에 나타났다. 신흥리역에 완행열차가 들어섰다가 기적을 올리며 떠나면 아이들은 오산리 들판에 나와 연을 날렸다. 연이 날아가는 끝자락에 철로가 있었고, 기차가 그 위에 긴 연기를 내뿜고 달렸다. 그때 어떤 아이는 기차의 움직임을 따라 논두렁길을 달리기 시작했다. 마치 그 기차에 올라타야 하는 것처럼. 나는 서둘러 서울 가는 기차에 올라탔지만 갈재 밑으로 난 긴 터널에 갇히고 말았다.

덜컹덜크덕, 부아―. 기차가 터널에 갇혔다.

여학교 보내주세요. 초등학교 졸업 무렵 아버지에게 졸랐다. 안 된다니깐. 아버지는 화를 냈다. 일본이 태평양전쟁을 준비하던 때라 시골까지 공출이 심했다. 그래도 나는 며칠간 단식과 눈물로 맞섰다. 읍내 친척집에서 학교를 다니면 얼마든지 가능하다고 생각했다. 아버지는 남동생이 2년 후에 초등학교를 졸업하면 함께 보내주겠다고 달랬지만 나는 그 말을 믿지 않았다. 마침내 나는 고집을 부려 소망을 이뤄냈지만 친척집에서 학교를 오래 다니지는 못했다. 여자 혼자 읍내에서 사는 게 쉽지 않았다. 학교는 아이들을 공부시키기보다 운동장이나 도로 정비에 동원하는 일이 많았고, 친척집 상황도 갈수록 좋지 않았다. 그만 댕겨라. 한 학년을 마쳤을 때 아버지는 그렇게 결정했다. 나는 더는 고집 세울 수 없었다.

나는 어둠 속에 갇혔다. 공황장애가 찾아왔다. 금방 만끽할 줄

　　　　　　　　　　　　　　　　　　　　　　김인호

알았던 빛의 세계는 도시에서 쉽게 나타나지 않았다. 그럴 때마다 나는 청소를 하고 바느질을 하고 옷장을 정리했다. 세상에는 나왔으나 아직 홀로 서지 못했다. 그때 내 나이 스무 살이었다. 다음 해에 여학교 졸업반으로 편입했고, 아버지의 일을 도왔다. 일본말, 한국말, 책이건 신문이건 닥치는 대로 읽었다. 나는 아버지 심부름을 도맡아 하면서 누구나 공평한 세상이 올 수도 있다는 것을 그때 처음 알았다.

갈재를 바라본다. 가자면 한나절이면 걸어갈 수도 있는 곳이다. 그 고개가 나의 길을 막았다. 70대 후반에 이르렀으나 아직도 저길 넘지 못했다. 입암면까지는 가보았다. 면사무소 직원이 보험을 든다고 해 나는 입암의 사무실에 찾아갔다. 입암산을 넘어서면 바로 장성이었다. 갈재를 보며 나는 가슴에 둔탁한 통증을 느꼈었다. 가선 안 돼. 나는 단호히 고개를 내저었다. 입암산이 나를 외면했다.

이겨내야 해. 엄격한 할아버지의 모습이랄까. 이마를 찌푸린 입암산이 저수지에 비쳤다. 그제야 나는 깨달았다. 갈재를 바라보면 언제나 기계적으로 일어나 일을 시작했는데, 어쩌면 그것이 나를 막아선 것이 아니라 지켜 주었을지 모른다는 생각이었다. 저 산이 나를 이겨내게 한 것이다. 살면서 힘든 것만 생각했지 고마운 것을 생각하지 못했다. 저 산이 어머니와 남동생과 나를 지켜 주었을지 모른다는 생각이 그때 들었다. 하얀 구름이 초산봉 위로 피어올랐다.

아이들은 정읍을 고향이라고 불렀고 나는 그 집을 지켰다. 추석이나 설이 되면 아이들이 찾아와 북적거렸다. 며칠 왔다 떠나는 북새통 속에서 해마다 손자들이 하나둘 늘어나는 광경을 바라보면 언제나 경이로웠다. 자식들 귀성 행렬을 맞이하는 일은 힘들었지만 그들은 언제나 내가 고향집을 지켜 주길 바랐다. 하긴 내가 이 집과 저 산을 두고 어떻게 떠나나. 언제부턴가 큰아들 강구의 모습이 자주 밟혔다. 강구는 내 삶의 전부였었지. 그 아이가 시집살이를 견디게 했고 정읍에서 뿌리를 내리게 했지. 강구가 없었더라면 아마 나는 포기했을지 몰라.

남편이 일을 저질렀다.

어떤 여자가 아이 하나를 안고 집으로 찾아왔다. 남편의 아이였다. 나와 여자는 대문을 사이에 두고 대치했다. 여자가 대문 밖에서 자기 자리를 내놓으라고 소리를 질렀고 어린아이는 큰 소리로 울어댔다. 어둠이 찾아들자 개들은 발악하듯 짖어댔다. 나는 대문 안에서 철대문을 꽝꽝 두들기며, 여자의 뻔뻔함에 대해 공격했다. 어어이, 동네방네 사람들! 어어이, 동네방네 사람들! 저 화냥년을 보소! 저년이 서방질 해놓고, 내 집 내놓으라고 허네! 나도 결사적이었다. 동네 사람들은 내 편이었다. 전쟁 후라고 하지만 우리나라는 여전히 도덕왕국이었다. 어떤 사람이 여자에게 욕을 퍼부었다. 멍석말이 당할 년이 온 동네 다 시끄럽게 만드네! 그러자 다른 사람이 오살년, 또 다른 사람이 찢어 죽일 년, 하고 욕을 퍼부었다.

말하자면 공자님이 상황을 종료시켰다. 동네 사람들은 내 편에 섰고, 나는 여자를 막아냈다. 남편은 집에 없었고, 시부모님은 상황 판단을 하지 못해 나서지 않았다. 여자는 아이만 남겨둔 채 떠났고, 개들만 얼마간 짖어댔다.

그 서늘한 대치 이후로 가슴이 쥐어짜듯 아프고 호흡이 곤란해지는 병이 생겼다. 밤새 진땀을 흘리며 끙끙 앓았는데, 때로는 기도가 막히기도 했다. 가슴앓이라던가. 솥에 미끈한 돌덩이 하나를 삶아 수건에 감싸고 한동안 올려놓고 있어야 통증이 풀렸는데, 나중에 그게 협심증 일종이라는 것을 알았고, 잘못 진행되면 심근경색이 되어 위험하다는 이야기도 들었다. 그래서 꾸준히 혈압약과 천식약을 복용했는데, 한번 걸린 병은 잘 낫지 않았다. 결국 여자가 아이만 놓고 간 것이 아니라 병까지 놓고 갔다. 그 아이는 우리 집에서 1년간 지내다가 다시 여자가 데려갔다. 거짓말처럼 나의 가슴앓이도 그때 사라졌는데, 그해 나는 아들 하나를 더 낳았다. 시부모님이 뭔가 뒤처리를 했으리라고 짐작을 하지만 그 일에 관심을 갖지 않으려고 노력했다. 그런데 강구가 죽은 뒤 그 아이가 호적상 큰아들의 자리를 차지했으니, 그것만 생각하면 지금도 가슴이 미어터질 것만 같다.

강구가 떠난 뒤에도 나는 집을 지켰다. 헛간이나 돼지막, 닭장을 넓히고 농사에 관여해 보기도 했으나 그것만으로는 양에 차지 않았다. 다방을 차려 보기도 했지만, 그때 정읍에 처음 들어온 동방생명에 사원으로 들어간 게 삶을 바꾸었다. 그렇게 외부 활동을 하면서 강구를 잃은 충격을 떨쳐냈다. 강구는 내장 저수지로 물놀이 가서 허우적거리던 친구를 구한다고 덤벼들었다가 친구와 엉켜서 함께 죽었다. 그래도 한동안 강구는 집을 떠나지 않았다. 강구는 광, 다락, 마루 밑의 어둠까지 헤집고 다니면서 집안 곳곳에 빛이 들게 했었다. 대문에 들어서면 강구는 히말라야시다와 무화과나무, 회양목, 찔레꽃 그늘에서 뛰쳐나왔었는데, 아예 그늘이 깊은 주목나무는 제 아지트였다. 쭉나무와 전나무에 올라가던 강구. 우짖던 때까치, 땅에 떨어진 새끼 때까치. 그런 강구의 모습 속에서 나는 조금씩 강해졌다.

죽어도 여그서 죽을란다!

강구에게 말했다.

죽기 전에 고향이나 한번 가시자니께요.

차씨가 말한다. 왜 그곳만 생각하면 가슴이 울렁거릴까. 금강산을 다녀온 뒤로 마음에 변화가 생겼다. 차씨의 독촉을 많이 들은 탓이겠지만, 뭐든 못 할 게 없다는 생각이 들었다. 금강산도 댕겨왔는디 고갯길 못 넘을 이유가 어디 있겠능가? 차씨는 내 말에 약속을 정한 것처럼 좋아했다. 오메, 약속헌 것이라? 그것만으로 결정되었다. 그러자 망각된 기억들이 내부에서 소용돌이치다가 분수처럼 솟아올랐다. 고향집 풍경이 머리끝에서 가슴팍까지 차올랐다. 그리고는 수십 년의 세월이 뒤죽박죽으로 떠올랐다.

초등학교에 다닐 무렵, 뒤채에서는 항상 할아버지가 한문책을 소리 내어 읽었다. 나는 할아버지가 읽는 책의 내용을 알아듣지 못

해도 카랑카랑한 목소리를 좋아했다. 아이들은 뒤채에 갈 때 깨금발을 들었다. 공부는 늙어도 하는 거란다. 할아버지가 그것을 증명했다. 할아버지의 양반 자세는 풀어지는 법이 없었다.

어느 날, 할아버지가 조무래기들을 소집했다. 창씨개명을 해야 한다는 소문이 돌 때였다. 할아버지는 우리에게 당부하셨다. 공부 열심히 해라, 여기는 조선이고 너희는 조선 사람이다, 장성 의병들을 잊지 말라. 뭐, 그런 말씀이었다. 할아버지가 왜 우리에게 그런 말씀을 하시는지 잘 이해하지 못했지만 나는 할아버지의 분노를 느꼈다. 학교에서 선생님은 일본이 세계에서 가장 강한 나라가 될 거라고, 열심히 공부해야 잘살 수 있다고 말했는데, 할아버지는 공부가 나라와 이름을 되찾게 해준다고 말했다. 나는 할아버지 말씀이 우선이라고 생각했다. 할아버지는 끝내 창씨개명을 거부한 채 유학자로서 생을 마쳤다. 나는 지금도 그분의 모습보다 그분의 말씀을 더 생생히 기억한다. 어머니는 놀라 그런 말을 누구에게도 해서는 안 된다고, 우리에게 몇 차례고 당부했다.

광복은 우리에게 충격으로 다가왔다. 우리는 일본의 승리를 믿었지만 일본은 전쟁에서 졌다. 그러나 하루 이틀 지난 뒤 우리는 도둑처럼 찾아온 광복을 기뻐해야 한다는 걸 알았다. 그때 나는 열여덟 살이었지만 그만큼 세상을 잘 몰랐다. 다행히 우리 집에는 징병이나 위안부로 끌려간 사람도 없었다. 아버지는 광복을 기뻐하지 않았다. 나라를 되찾았다지만 우리가 되찾지 못하고 남의 손을 빌렸기에 잘못되었다는 것이고, 그것도 반쪽만 나라를 되찾아

슬프다는 것이었다. 그 뒤로 아버지는 건준 조직을 이끌다가 여운형이 죽고, 제주 4·3과 여순 10·19가 터지자 남로당에 가입했다.

서울로 올라간 뒤 아버지는 청량리에 목재상을 벌였다. 나는 여학교 마지막 학년을 건성으로 다니면서 아버지의 일을 도왔다. 그래 봤자 입출금을 맡아 정리하는 정도였다. 남동생은 배재학당에 다니고, 여동생과 큰조카는 종암초등학교에 들어갔다. 그런 가운데 전쟁이 일어나자 무슨 일이든지 급하게 돌아갔다. 세상이 완전히 달라졌다. 사람들을 대하는 아버지의 눈빛도 조금씩 떨렸다. 피로한 것이라고 생각했지만, 덜컥 남동생이 인민의용군에 자원입대하자, 벌컥 화를 냈다. 멍청한 놈. 아버지는 꼭 동생에게 해당하는 것 같지 않은 욕설을 퍼부었다. 나는 남동생이 자발적으로 입대했다고 생각하지는 않았다. 그 상황에서 그럴 수밖에 없었을 것이라고 생각했다.

9월 중순이 지나자 인천에서 들리는 포격 소리가 더 가까워졌다. 맥아더가 인천에 상륙했다는 소문이 들렸다. 포격 소리에 밀려 인민군은 후퇴하기 시작했다. 미군과 국방군이 서울로 몰려왔고 인민군과 열성분자는 서둘러 북으로 올라갔다. 일부 사람들은 고향을 찾아 남쪽으로 내려가야 했다. 늦은 밤, 아버지가 가족을 소집했다.

모두 내려가그라!

아버지의 얼굴이 상기되어 있었다. 눈앞이 캄캄해졌다. 아버지는 함께 내려가지 못한다는 말이기도 했다. 그렇다면 아버지는 혼자 남아 무얼 하겠다는 말인가. 더욱이 아버지는 고향만은 안 된다고 말했다.

으데로 가야 한디요?

기연시 살아남아야제.

누가 죽었당가요?

영이가 놀라 엉뚱한 질문을 했다. 누구나 당황해 서로 맞지 않은 말들이 오갔다.

이 어린 것을 놔두고 우짤까. 정신 채려라이!

아버지의 표정에 찬바람이 돌았다. 사실 아버지도 냉정하지 못했다. 이별의 시간에 막내딸에게 발끈할 일이 아니었다. 차분하게 설명해도 알아듣지 못할 말을 영이가 어찌 알아듣는단 말인가.

아부지는요? 아부지는 왜 함께 안 간당가요?

영이가 물었다. 아버지는 더 이상 입을 열지 않았다. 다른 가족도 입을 열지 못했다.

아부지, 가지 말랑게요!

영이가 다시 소리쳤다. 어머니의 눈가에도 눈물이 맺혔다. 아무도 소리 내어 울지 못했다. 아버지는 간단히 보따리를 챙겼다.

애빈, 폭격으로 죽었다고 해라!

아버지가 어둠 속으로 사라지며 남긴 말이다. 서울에서 한 일에 대해서 끝까지 입을 다물라는 말이었다. 그렇다면 어디로 가야 한다는 말인가. 아버지를 아는 사람들이 없는 곳을 찾는 일은 아버지를 강제로 잊어야 하는 일보다 힘들었다.

그땐 아버지가 우릴 버린 것처럼 여겨졌다. 모든 게 궁금했지만 우리는 묻지 못했다. 그때부터 우리는 세상에 버려졌고 각자 자기 능력대로 살아남아야 했다. 피난길에서 울고 있을 수만은 없었다. 마음을 다졌다. 약해빠져선 안 돼. 큰언니 가족과 어머니와 영이가 보따리를 들고 걸었다. 아버지를 생각하며 걷고 또 걸었다.

너흰 왜 거꾸로 내려가?

누군가 물었다. 고향에 가지. 그렇게 둘러댔지만, 사실 우리는 고향 가는 게 아니었다. 우리에게는 갈 곳이 없었다. 그래도 그것 말고는 대답할 말이 없었다. 서울 가는 사람이나 동쪽으로 가는 사람들 모두 고향 간다고만 말했다. 누군들 이렇게 헤맬까. 어머니의 친정은 나주였는데 장성을 거쳐야만 가는 곳이라서 가지 않기로 했다. 다들 상처가 깊어졌다.

공주 부근에서 나는 엄지발가락을 다쳤다. 평발이 문제였는데, 지친 다리를 끌다가 돌쩌귀에 걸려 그만 발가락뼈에 금이 갔다. 응급조치를 못해 발가락 마디뼈가 아물지 않았다. 걸을 때마다 통증이 몰려왔다. 더 안 좋은 일이 생겼다. 논산 부근에서 형부가 붙들려 갔다가 다시는 돌아오지 못했다. 언니가 두 아들을 붙잡고 통곡했다. 며칠 뒤 언니가 형부의 시신을 찾아내 다른 사람의 도움을 받아 가매장을 했다. 언니와 함께 통곡하던 어머니는 혼절하다 못해 갑자기 허리가 꼬부라졌다. 자책과 불안이 척추로 몰려간 것이다. 어머니의 허리는 다시 펴지지 않았다.

김인호

정읍에서 우리는 더는 고개를 넘을 수 없었다. 고개를 넘으면 장성이었다. 언제부턴가 어머니는 뭔가 중얼거렸다. 성경 구절이었다. 그때 어머니가 천주교 신자였다는 사실을 처음으로 알았다. 종교를 피난길에서 찾았다고 할까. 어머니는 능숙하게 주기도문을 외웠고, 어디선가 성경책 쪼가리 하나를 주워 들고는 노상 중얼거렸다. 사실 성경책은 형부가 처형당한 상황에서 우리가 좌익이 아니라는 것을 증명해 주는 역할도 했다.

어머니는 정읍 입석동에 방 하나를 구했다. 정읍농고 선생을 하던 큰집 오빠가 비밀스럽게 도움을 주었다. 그 마을엔 당간지주 같은 비석 두 개가 들판에 솟아 있었고, 좌측에 내장산 봉우리가 훤히 보였다. 나는 바느질을 시작하고 어머니는 행상을 시작했다. 큰언니는 아들 둘을 데리고 시댁인 목포까지 걸어갔다. 어머니는 성당에 더 자주 나갔고 저녁에 촛불 켜놓고 기도문을 외웠다.

큰오빠 소식이 들려왔다. 장성에 남았던 큰오빠도 집에 붙어 있지 못하고 정읍, 김제, 전주 등지로 떠돌았다. 올케가 몇 번이나 군인들에게 끌려가 조사를 받았다. 어쩌면 큰오빠도 집에 있었다면 곤욕을 당했을 것이다. 물론 큰오빠에게는 어떤 혐의점도 있을 리 없었다. 그는 한학을 공부한 골수 유학자였다. 그렇다 해도 아버지의 일 때문에 자유롭지 못했다. 큰오빠는 결국 휴전이 될 무렵 장성을 벗어나 서울에서 와룡동에 판잣집을 구했다. 참봉을 지낸 할아버지만 못했어도 큰오빠의 한학 능력은 뛰어났는데 끝내 그것을 꽃피우지 못했다. 그때부터 우리 가족은 고향과 멀어졌다.

"내일 차 대게."

마음을 결정했다. 할아버지 거처였던 뒤채에도 가보고, 내가 뛰놀던 학교 운동장, 그리고 마을 뒷산도 둘러볼 생각이었다. 집 앞 들판과 산, 그리고 신흥리역과 철로, 그리고 황룡강으로 이어지는 개천도 다시 만나 보고 싶었다. 그것은 마치 지금까지 숨겨 놓은 보물창고를 찾아가는 것과 같이 설렜다.

나를 만든 곳. 그곳 바람과 햇볕 속에서 나는 성장했다. 어머니의 죽순 요리, 홍어애탕, 갈치조림은 지금도 잊지 못한다. 동치미 솜씨는 또 얼마나 좋았던가. 사이다처럼 톡톡 쏘는 맛이 고구마와 함께 먹으면 제격이었다.

"몇 시에 댈끄라우?"

"아홉 시에 봅세."

갈재를 바라본다. 별별 생각이 다 떠올랐다. 거리야 얼마 되지 않지만, 금강산보다 더 멀게 느껴지던 곳이다.

"소장님 댕기고 싶은 곳 다 모실게요."

차씨는 신이 나 있었다. 마음이 편해지면 사투리가 나온다. 사거리 시장도 돌아보고, 오산리 마을길도 걸어 보리라. 가슴이 콩닥거렸다. 금강산 댕겨왔구먼. 이 소리를 하고 싶어 혀까지 움찔거려 보았지만 소리가 목에 걸렸다. 누군가에게 감출 일도 아닌데 미리 놀라 감추는 버릇은 사라지지 않았다. 금강산에서도 가슴 압박이 심했는데, 다시 그런 증상이 나타나려고 하였다. 심장이 통개통개 뛰며 홍조가 올라왔다. 기분이 좋아져서 그러려니 하면서도 병원

김인호

에 한번 들러 봐야겠다고 생각했다. 젊은 날 '가슴앓이' 이후로 천식과 협심증으로 고생했는데, 그 증상이 조금 더 심해진 것이다. 그래도 날아갈 것 같았다. 얼마나 가고 싶었던 곳인가.

금강산. 거기 가서 아버지의 환영을 만났다. 금강산의 기억보다 아버지의 얼굴이 더 생생하게 떠올랐다. 고마웠다. 54년 전, 그렇게 보내면 안 되는 거였는데, 아버지를 보냄으로써 우리는 살아남았다. 어떻게 생각하면, 그분은 우릴 두고 떠나신 게 아니라 우리를 살리고자 떠나셨다. 나는 아버지가 가셨던 북녘땅을 가보고 싶었다. 아버지를 만날 리 없었지만, 그분이 숨쉬었던 곳의 공기라도 마시며 그분의 흔적을 더듬고 싶었다. 얼마 전 개성공단 시범단지에 15개 입주기업이 들어서기로 계약을 체결했고, 앞으로 철로가 뚫릴 거라는 소문까지 들렸다. 해빙기였다. 교회에서 금강산 관광을 갈 사람을 모집하고, 친구가 같이 가자고 권하자, 나는 흔쾌히 응했다. 걷는 게 문제였지만 북녘땅을 밟아 보고 싶었다. 많이 못 걷고, 많이 못 보면 어떤가. 나는 금강산에 가기도 전에 흥분에 휩싸였다.

정읍에서 관광버스는 새벽 두 시 반에 출발했다. 전주에서 세 시 반에 다른 일행을 태우고 북으로 가는 긴 여정이었으나 나는 힘든 줄 몰랐다. 이번에 가지 못하면 영원히 가지 못할 곳이라는 생각에서 그랬을까. 모두 조용히 코를 골며 잠들었는데 나는 쉽게 잠들지 못했다. 휴전선을 넘을 때까지 뒤척였다. 한국 쪽 경계를 지나 몇 차례 북한군 검문소를 통과했다.

차에 올라온 인민군의 얼굴에는 적대감이 보였다. 그래도 나는 차창으로 길을 닦는 군인, 공을 차는 사람들을 보면서 모두가 동포라고 생각했다. 트럭 한 대가 앞쪽에서 다가와 지나칠 때 짐칸에 탄 인민군들이 앞 버스를 향해 갑자기 소리를 지르다가 버스와 마주치자 자세를 바짝 낮추었다. 그게 어설퍼 보여 웃음이 나왔지만 조금 무서웠다. 그들은 우리를 반기지 않았고 적으로 대했다. 그것은 남쪽에서 올라온 관광객을 위협하다가 숨는 행위였다. 다시 검문소에서 버스가 멈추자 인민군이 올라왔다. 승객들의 얼굴을 낱낱이 훑어보며 탈영병이라도 찾아낼 기세였다. 모두가 숨을 죽였다. 오래전 입대한 아들 면회 갔을 때 헌병들이 검문소에서 저런 표정을 지었었지. 저희는 엄격한 표정이라고 짓겠지만, 모든 게 우스꽝스러웠다.

온정각에 다 왔습니다.

모두 고개를 쳐들었다. 왜 터놓고 반기지를 못할까. 우리는 손님으로 온 건대. 금강산이 모습을 드러냈다. 안개 너머로 산자락의 윤곽이 드러났다. 곧 좋아질 거야. 짐을 푼 뒤, 우리는 옥류동 계곡을 따라 관광을 시작했다. 나는 무리할 생각이 없었다. 그저 바람속에 몸을 맡기고, 물소리를 들으며, 만물상만 쳐다보고 와도 그만이었다. 가다가 힘들면 돌아오면 되지.

아부지, 지가 왔구먼이라.

아버지에게 고했다. 안개가 계곡 사이로 빠져나갔다. 깊은 소와

김인호

단풍이 절묘한 풍경을 이루었다. 습기 품은 산은 더욱 신비스러 웠다. 계곡길에 늘어선 봉우리들이 하나씩 베일을 들추고 자태를 드러냈다.

금강문을 지나 비봉폭포에 이르자 사람들이 탄성을 질렀다. 봉황이 날아오르는 형국이랄까. 용들이 물안개 속에서 날아오르는 듯했다. 옥류담의 깊은 소에서 선녀가 몸을 씻다가 비봉폭포 쪽으로 날아올랐다. 안개가 걷히는 풍경이 더 그래 보였다. 계곡길은 잘 단장되어 있었고 나는 힘든 줄 모르고 길을 따라 올라갔다. 숨이 가빠도 생각한 것보다 더 잘 걸었다. 예상보다 훨씬 더 왔다는 생각이 들었다. 상팔담 오르는 가파른 계단길이 앞을 막았다. 갈 수 있을까. 하지만 지금 가지 못하면 영원히 못 갈 것이다. 나는 힘을 냈다. 돌아가서 며칠 쉬면 되지. 고민할 사이도 없이 나는 사람들에게 떠밀려 계단을 올라갔다. 그래, 조금만 더 가자. 나는 난간을 붙잡고, 힘을 내어 발걸음을 옮겼다.

삼선암에 이르렀다. 상팔담 어느 소에서 몸을 씻던 선녀가 날개를 펼쳤다. 내 몸이야 늙고 비대해졌지만 내 꿈만은 자유로웠다. 마음은 소녀였다. 안개가 조금씩 위로 올라갔다. 아버지와 함께 지내던 시절, 나는 얼마나 행복했던가. 금강산은 나를 자꾸 그 시절로 데려갔다. 나무꾼이 선녀의 옷을 훔쳤다는데, 정작 선녀의 날개를 보지 못했다. 아이를 여섯이나 낳은 내가 날개를 달고 여기까지 오지 않았는가. 아버지가 사라진 뒤 날개가 꺾였는데, 훗날 정신없이 살다 보니, 언젠가 날개가 다시 돋았다.

아부지, 지가 왔구먼이라.

자신의 의지대로 주어지는 삶이 얼마나 있을까. 아버지인들 가족을 두고 떠나고 싶었을까? 여운형 선생은 이 땅에서 살기 어렵다고 생각해 가족을 미리 북한에 보냈다지. 열두 번째의 암살미수를 뚫었으나 그분은 열세 번째로 혜화동 로터리에서 암살당했다. 광복 2년 뒤, 한국전쟁 3년 전이었다. 다섯 곳에서 총격을 받았고, 심지어 암살자 한 명은 여운형 선생의 차량 본넷 위로 올라가 총격을 가했다. 그는 죽었지만 가족을 지켰다. 아버지도 그랬을까.

여그서 징허게 고생혔지라?

아버지에게 물었다. 만물상 가는 길목에 붉은 글씨들이 눈에 거슬렸다. 꼭 저래야 하는 걸까. '위대한 수령 김일성 동지께서 일천구백칠십삼년 팔월 십구일 조국통일의 력사적 위업 수행을 위한 강령적 교시를 주신 곳.' 저런 글씨를 새겨놓는다고 존경심이 생길까. 아버지는 여기에서 자신의 이상을 펼칠 수 있었을까. 숨이 막혔다. 나는 멈추어 섰다. 상팔담 계곡이 눈앞에 펼쳐졌다. 나는 난간을 부여잡고 거친 숨을 몰아쉬면서 아버지를 떠올렸다. 빨간 글씨가 눈앞에 어른거리고 갑자기 토할 것만 같았다. 상팔담의 맑은 물이 소마다 넘쳐났다. 거기에 기기묘묘한 만물상 봉우리를 덮은 하얀 구름이 비쳤다. 삼선암을 올려다보자 아버지의 얼굴이 나타났다.

"성님, 삼선암, 멋져부려요잉."

두 살 아래 친구가 호들갑을 떤다. 마침 쉴 틈을 잡아 다행이었다. 그런데 아버지의 모습이 어쩐지 화를 내는 것처럼 보였다. 나보다 젊을 적 아버지의 모습이었다.

"아부지를 만난 것 같구만잉."

"성님, 전쟁 때 헤어졌다문서요?"

"그래부렀제잉. 오늘따라 아버님 생각이 더 간절허게 나능만."

불쑥 눈물이 솟아올랐다. 뒷모습도 잘 떠오르지 않던 아버지의 모습이 정면으로 떠올랐다.

"우째스까, 이 좋은 날에."

"아우님, 이제 나 혼자 내비두소. 난 여그서 쉴라네."

이것만으로 충분했다. 이미 심장이 터질 것만 같았다. 가다 보니 너무 많이 올라왔다. 아버지 모습을 떠올린 것만으로도 행복했다.

"우째 나 혼자 간다요?"

"아니랑게. 어여 다녀오시랑게. 난 여그도 포도시 왔다께."

정말 힘들었다. 그래도 기뻤다. 환영으로라도 아버지를 만나 넋두리를 하고 싶었다. 아버지와 헤어져 피난 가고, 결혼하고, 강구가 죽었어도 억척스레 살았다.

귀면암 쪽으로 고개를 돌렸다. 더 가면 아버지를 못 볼지 몰라. 난 아버지를 위해 무엇을 한 것일까. 어젯밤, 텔레비전 뉴스에서 탈북자 20명이 베이징 총영사관에 진입했다는 소식을 듣고 관광 버스에 올랐다. 두만강을 넘어 만주를 헤매다가 베이징에 모여 치외법권 지역을 노린 탈북자들이었다. 자칫 중국 공안에게 걸리면 북한으로 되돌아가거나 목숨을 잃을 수도 있었다. 삶을 찾아 나선 이들이 이토록 많은데, 난 어째 아버지 찾아볼 생각을 하지 않았을까.

귀면암이 얼굴을 드러냈다. 잘 걷지 못해 다리를 질질 끌면서 상팔담까지 왔다는 사실만으로도 가슴이 벅차올랐다. 아부지, 용서해 주실 거지라? 귀면암 뒤쪽에서 다시 아버지의 모습이 나타났다. 이번에는 화난 표정이 아니었다. 지가 잘못했당게요, 아부지. 아버지는 입을 열지 않았다. 그래도 나는 아버지와 대화한다고 생각했다. 저리 잘생긴 울 아부지. 나는 난간에 기대고 서서 하염없이 아버지를 바라보았다. 그때 햇살이 비치며 만물상이 모습을 드러냈다. 아버지의 모습이 환하게 웃으면서 귀면암에서 상팔담 쪽으로 이그러지며 사라져 갔다. 물안개가 귀면암을 휘감더니 위로 오르는 듯 소멸했다. 나는 깊은 소를 내려다보다가 다시 귀면암을 보다가 했다.

다시 소에서 미풍이 일자 선녀가 안개와 함께 솟아올랐다. 선녀의 치렁치렁한 치마가 바위를 감싸더니 귀면암과 포옹하며 마치 손을 잡는 것 같았다. 아버지, 보고 싶었어요. 전쟁통에 결혼하는데 아버지 손 잡지 못하고 '신부 입장' 할 때가 가장 슬펐어요. 나는 고개를 들어 망연히 하늘을 바라보았다. 눈물이 주르륵, 흘러내렸다.

아부지, 고맙구만이라.

아버지의 창백한 얼굴에 홍조가 나타났다. 우릴 살리려고 떠나

김인호

신 게지라? 아버지의 모습이 흑백 사진에서 천연 색상으로 바뀌었다. 거기에 가을 햇살이 걸렸다. 만물상이 사람들처럼 대오를 이루고 서서 손을 흔들었다. 구름이 흘러갔다. 아버지가 문득 웃는 듯 말을 건네는 듯하다가 안개와 함께 사라졌다.

아직도 금강산의 여운이 남았다. 돌아온 지 사흘 지났지만 아버지를 만난 감흥에서 벗어나지 못했다. 지금도 여행 중이라는 생각이 들었다. 누군가는 지금도 두만강 넘고 있는데 갈재를 못 넘을 이유가 어디에 있는가.

"날씨가 솔찬히 좋구면요."

차씨는 신이 났다. 차가 출발해 호남고등학교를 지나 초산으로 넘어가는 고갯길에 들어섰다. 저 학교에 내 아들이 다녔었당게. 불쑥 죽은 아들 이야기가 나온다. 저 학교만 보면 눈물이 나왔는디 오늘은 암시랑토 않네. 나는 자꾸 차씨에게 말을 했다. 놀랄 일이었다. 떠난 아들을 정말로 떠나보낸 것이었다. 초산 저그에 시아버지 묘를 썼었제. 아버지를 만나서였을까. 고향을 찾는 들뜬 마음 때문에 그랬을까. 말이 많아졌다. 우리집 영감이 천원 사는 여자랑 바람을 피웠는디, 그 여자가 우리 집에 쳐들어오지 않았겠능감. 폐역이 된 천원역을 지날 때 그런 말을 했다. 어느 곳을 지나건 불쑥 옛 기억들이 솟아났다. 나는 그런 나 자신을 이해할 수 없었다. 차씨가 천원역을 지나 낡은 건물 앞에 차를 세웠다.

"여그 구경하고 가시지라."

"이기 뭔가?"

"여기가 보천교 자리랑게요. 허물어져 가는 빈집뿐이제만, 일정시대에는 임시정부에 거금을 대고, 청산리 전투에도 자금을 댔다카요."

"차씨, 보천교 집안이었는가 보네?"

내가 대뜸 지적하자 차씨가 입을 다물었다. 왜 모르겠는가. 이 부근에서 동학 장수가 태어났고, 증산교, 보천교, 원불교가 일어났다. 차씨는 전봉준 장군과 마지막을 함께한 차치구가 자신의 증조부라고 밝혔다. 보천교의 법당은 보이지 않고 허물어져 가는 집만 남았다.

"옛날 영화란 다 씰데읎구만이라. 저희 자식들만 직사게 고생했으니께요."

"차씨 인물 좋은 이유를, 이제사 알겄네."

나는 차씨를 위로했다.

"아버지는 빨치산 토벌대였구만이라. 화엄사도 지켰다문서 가족은 못 지켰구만이라."

차씨는 아버지 이야기를 더 하지 않았다.

"엄니는 장성 어데 사람이었당가?"

"아치실 행주 기씨였구만이라."

차씨의 어조가 한결 누그러졌다. 나는 보지 않아도 잘 알 것 같았다. 아치실에는 장성 명문가인 기씨들이 오백 년 전부터 터를 잡고 살았다. 기씨들이 의병 활동과 독립운동으로 어렵게 산다는 이야기는 어렸을 때 들은 적이 있었다. 우리는 그런 이야기 속에서 서로를 이해했다. 입암산이 두 사람을 내려다보았다.

"저 우에 넓은 산성이 있다고 하등만."

"저그 산성에서 증조부와 전봉준 장군이 숨어 지냈다니께요, 죽기 직전까지."

"시상에 그랬고만. 나도 들었제. 두 분이사 정읍의 인물이셨제."

전쟁 중 남동생도 인민군 대열에서 빠져나온 뒤 입암산을 보고 집으로 가는 방향을 잡았다고 했다. 전봉준은 저 산을 통해 순창으로 넘어갔다가 피로리에서 붙잡혔다. 보천교는 한때 신도가 600만 명에 이르렀다는데, 지금은 무너질 듯 낡은 가옥만이 간신히 버티고 서 있었다.

"두승산에서 강씨가 일어나고, 입암에서 차씨가 일어났응께."

"그랬지라. 증조부가 동학교도였고, 조부가 강증산 밑에서 보천교를 만들었지라."

"또 외가는 유학자 집안이니 을매나 대단헝가?"

"저야 아버지 죽고 나서는 공부도 못 했당게요. 토벌대장 아버지가 빨치산 대장을 죽인 뒤 화장을 해 유골을 섬진강에 뿌렸는데 빨갱이 장사 지냈다고 난리가 났당게요. 그 일로 집안이 몰락했다니께요."

"증말 훌륭한 분이시네, 자네 부친은. 죽은 사람 장례 치러 주는 마음이 으쨌을꺼나."

"고맙구만이라. 아버진 토벌대장 한 일을 후회했지라."

사람들은 속내를 드러내지 않는다. 대부분 꾹 참고, 입을 다문 채 평생을 산다. 겉과 다른 속사정을 누구에게 말한단 말인가.

"어머니 쪽은 어쨌당가? 그 웃대는 서울 선비, 영남 선비들이 다 찾아와 배웠고, 향촌방어책을 만들어 의병을 배출했다지 않은 가. 자네만큼 좋은 가문이 어디 있을라구, 이 호남에서."

"그런 게 다 씰데없는 일이구만요. 저 보랑게요, 쪽박찬 동냥치 신세인걸."

"오메, 고생도 고생도 징허게 혔는갑네."

동학농민군은 우금티에서 패한 뒤 고향에 돌아오지 못했다. 사람들 눈을 피해 타지에서 살거나 산으로 들어갔다. 먼 훗날 다시 고향에 돌아왔더라도 죽는 순간까지 자신이 동학교도였다는 사실을 감추었다. 장성 수연산에서 의병을 일으킨 기씨와 대원들은 일본군에게 쫓겨 나주, 보성, 광양 등지로 흩어졌다가 산으로 숨어들었다. 여순사건 뒤에는 멀쩡한 사람들이 빨갱이로 몰려 산으로 숨어들었다. 그런 세상에서 고생한 사람들이 너무 많았다.

"의병하고 독립운동 허믄 다 뭐한당가요? 자식 건사도 못 하는디요!"

"느자구없는 소리 그만두소. 벌 받네."

나는 차씨를 나무랐다. 그건 나 스스로에게 하는 말이기도 했다.

"우리 외삼촌은 50년 만에 고향에 돌아왔지라."

차씨가 다시 입을 열었다. 행주 기씨 누군가가 뒤늦게 고향 지키러 돌아왔다는 말이었다. 나도 54년 만에 고향을 찾는 중이었다. 입암산이 온화한 표정을 지었다. 나는 저수지에 비친 입암산처럼 나의 내면을 들여다보았다. 함부로 말해서는 안 돼. 하지만 차씨는 생각 없이 발설하고 있었다.

"큰아버지는 임실군당이었구만이라."

나는 아직 감춘 게 많았지만, 차씨는 진짜로 제 가슴을 벌리려 했다.

갈재 정상의 표지판이 보였다.

"인자 내려야 쓰겠네. 여기서부텀 걸어 올라가겠네."

나는 차에서 내렸다. 일단 차씨의 말을 중단시키고 싶었다. 옛사람들에게 갈재는 험하고 두려운 곳이었다. 무거운 발걸음으로 힘들게 올라 북쪽 하늘을 바라보면서 눈물짓던 곳이었다. 언제 돌아갈지 몰랐다. 이제 그런 옛길은 없어졌지만 난 그 갈재에 올랐다.

"사는 게 힘들어, 숨이 꽉 맥혀, 죽어 버리고 싶은 적도 많았었제."

나도 자꾸 입이 열리고, 속 깊이 숨겨놓은 비밀 보따리가 풀리려 했다. 그 매듭도 풀릴라치면 아무것도 아니었다. 또 풀고 보면 별것도 아니었다. 고갯길을 헐떡이며 올라갔다.

여기는 갈재 정상

(해발 220m)

전라남북도 경계 지점

교통표지판을 바라보았다. 처음 밟는 땅. 넘지 못한 고개. 갈재에 이르렀다. 그 옆에 '조국통일기원비'와 한반도 지도가 새겨진 '통일공원'이라는 비석이 세워져 있었다. 그 높이가 220미터라는 사실이 충격적이었다. 내가 평생을 두고 오르지 못한 고갯길치고는 너무 낮았다.

고갯길을 넘으면 장성이었다. 큰오빠가 고향을 떠난 뒤로 형제 누구도 가보지 못한 곳. 죄짓고 달아난 것도 아니고, 누구에게 원한 살 일을 한 적도 없었으면서, 한번 떠나온 고향을 누구도 다시는 돌아가지 못했다.

"장성은 유학, 정읍은 동학."

차씨가 엉뚱하게 운을 맞춰 노래했다. 유학이든 동학이든 울림이 있었다. 어쩌면 할아버지와 큰오빠는 유학이고, 아버지와 남동생은 동학일지 몰랐다. 그것들은 무엇으로 연결되었을까.

긴 세월 동안 바라만 본 갈재. 그렇듯 가까운 곳을 50년 동안 와보지 못했다니. 나는 묵주를 꺼내 성호를 그렸다.

"아부지, 고향에 왔구만이라."

그토록 찾고 싶어도 찾지 못한 곳. 그 고갯길. 갈재.

"어머님 고향에 왔구만이라."

어떤 일가붙이도 아니면서 차씨가 나에 대한 호칭을 소장님에서 어머님으로 바꿨다. 사실은 자기가 어머니 고향에 왔다는 이야기인 줄 몰랐지만, 나도 하마터면 그를 아들이라고 부를 뻔했다.

"큰아덜 죽고, 남편도 죽고, 부모님도 죽고, 아이들 모두 도시로 떠났당게. 그리고 나 혼자 정읍에 남았당게."

"을매나 힘들었을게라우?"

"북으로 가신 분, 우리 아부지, 인자 용서해야 쓰겄제?"

갑자기 숨이 막혀 왔다. 가슴 깊이 묵직한 통증이 찾아왔다. 철 들고 난 뒤 처음 꺼내는 말이었다.

"그런 말씸 하시들 마시랑게유. 지 아부지는 팔로군이었고, 큰 아버지는 임실군당, 외삼촌은 구례군당 위원장이었다니께요."

차씨가 급하게 말문을 막았다. 나는 혀끝이 목구멍을 말아 올라 가는 듯했다. 천식이 도지는 걸까. 기도가 막혀 왔다. 생각나는 대 로 모든 걸 말할 수는 없었다. 말하고 싶어도 말해서 안 되는 것도 있었다. 갑자기 가슴이 답답해졌다. 모두 빨간색이었다. 피가 올라 왔다. 그것들이 터질 것만 같았다. 약을 먹어야 한다는 생각이 들 었다. 아버지와 외삼촌을 빨갱이라고 말해도 괜찮은 걸까. 묵직한 통증이 계속되며 숨을 쉬기가 거북했다.

"다들 개벽을 꿈꾸었제!"

"감출 기 뭐가 있다요!"

그게 나을 줄 몰랐다. 가슴에 감추고서 사는 것보다 풀어 버리 고 사는 편이 나을 터였다.

"허긴, 그게 다 뜻이 있는 사람들이 간 길이었제."

그건 아버지만 걸어간 길이 아니었다. 할아버지가 재산과 유학 을 지켰다면, 아버지는 이상을 좇다가 잠시 길을 잃었다. 여운형 선생을 따르지 않았다면 그런 일이 없었을지 모른다. 차씨 가문은 더 심했다. 이상을 좇는 사람들이 많던 시절이었다.

고개 위에 섰다. 장성 쪽 멀리서 할아버지의 한서 읽는 소리, 신흥리역 기차 소리, 그 하늘을 날아가던 꼬리연, 그리고 북일초등학교의 넓은 운동장을 달리는 아이의 모습이 떠올랐다. 나는 공연히 쑥스러워졌다. 70여 년 전의 파도가 몰려오고 있었다. 그것들은 고요히 부풀더니 이내 입암산과 방장산의 크기로 커진 뒤, 초등학교 운동장에서 고무줄놀이를 하는 아이들 머리 위로 덮쳤다. 머리가 역해지며 아찔했다.

지가 왔구만이라, 아부지!

거대한 물줄기가 쏟아졌고 내 몸이 날아가는 듯했다. 아버지가 손을 내밀었다. 아버지는 피눈물을 흘리며 내 손을 붙들려 했다. 진짜 살아 있는 모습 그대로였다. 반동강 난 나라가 큰일이구나. 아버지의 손을 붙잡는데 거친 숨소리가 들렸고 진한 땀냄새가 느껴졌다. 쏟아지는 물기둥, 쉿쉿 쇳소리가 나는 파도, 나는 그 속에서 바둥거렸다. 아버지의 거친 손아귀가 거기서 나를 꺼냈다. 아부지, 나 죽을랑가 비네유. 숨이 막히고 역한 기운이 돌고 목구멍에서 쇳소리가 났다. 말을 하려고 하면 엄청난 양의 물이 목으로 넘어갔다. 물폭탄을 감당할 수 없었다. 아버지가 억센 힘으로 나를 끌어당겼다. 장하구나, 근아. 나는 와락, 아버지의 품에 안겼다. 아버지의 품속은 따뜻했다. 그때 갑자기 심장에 강한 압박감을 느끼며 찢어지는 듯한 통증과 함께 몸이 기울어졌다. 나는 가슴을 부여잡고, 장성 땅에 주저앉았다.

김인호

그가 아직
살아 있는 이유

정
의
연

약속 시간 30분이 지나도록 박동수 씨는 나타나지 않았다. 전화도 받지 않았다. 문자를 보내도 답이 없었다.

노인 건강은 변수가 많아 '밤새 안녕'을 묻는다더니, 무슨 일이 생긴 걸까?

어떻게 해야 할지 나는 판단하기가 힘들었다.

박동수 씨를 만나기 위해 나는 이른 아침 서울 서쪽 끝에 있는 집 앞에서 마을버스를 탄 것을 시작으로 전철과 지하철을 번갈아 타고 서울 동남쪽 끝에 있는 남부터미널에서 부여행 고속버스를 탔다. 새벽부터 서둘렀어도 가까스로 약속 시간에 맞춰 부여에 도착할 수 있었다. 그렇게 복잡한 행로 끝에 닿은 약속 장소에 박동수 씨가 나타나지 않은 것이다.

다시 문자를 보내고 30분을 더 기다렸다. 아무런 답이 없었다. 나는 다시 그의 번호를 누르지 않을 수 없었다. 통화가 된다면 대체 무슨 일인지, 늦게라도 올 수 있는지 알아보고, 통화가 안 된다면 내가 어떻게 해야 할지 마음을 정리하기 위해서였다. 그때서야 그가 전화를 받았다.

오늘은 힘들겠슈. 지금 여기 서울이라.

다른 말 없이 그는 서둘러 전화를 끊었다. 나는 이게 무슨 상황이고 무슨 경우인지 도무지 이해할 수가 없었다.

어제 아침 일찍 그가 내게 전화를 했다. 새벽까지 작업을 하고 늦게 잠자리에 든 터라 잠에 취해 있을 때였다.

작가 선생, 한번 봤으믄 좋겠슈.

핸드폰을 들자마자 그가 불쑥 용건을 말했다. 나는 몸을 짓누르고 있는 잠의 두꺼운 이불을 가까스로 걷어내며 물었다.

아, 예. 무슨 일 있으세요?

일이 머 있겠슈. 내가 아직 안 죽구 살어 있는 게 일이라믄 일인디….

그런데요?

아직 잠에서 다 빠져나오지 못한 나는 변죽만 울리며 질질 끄는 그의 말투에 치밀어 오르는 짜증을 겨우 눌렀다.

얼굴이나 한번 보자구유.

그래요? 쓰다 보니 나도 선생님께 더 듣고 싶은 이야기가 있었는데 잘됐네요. 언제가 좋겠어요?

나는 타협을 했다. 아직 이야기의 방향이 잡히지 않아 그에게서 뭔가를 더 끄집어내야 할 것 같다는 현실적인 생각이 내 감정을 다독인 것이다.

시간이 백마강이라….

네?

아뉴. 암때나 좋아유.

내일 괜찮겠어요?

오늘이믄 더 좋구, 내일이믄 늦을란지 몰르지만 머 그려두 갱기찮아유.

네. 그러면 내일 낮 두 시에 지난번 인터뷰했던 카페에서 뵙겠습니다.

그류. 거긴 우리 동네니께.

그랬던 그가 약속을 지키지 못하는 것에 대한 사과는커녕 아무런 설명도 없이 전화를 끊은 것이다. 나는 그에게 무슨 일인가가 생겼고, 그 내용을 설명하기 어려워 그러는 것일 거라고 치미는 화를 눌렀다. 그렇더라도 황당한 마음이 가라앉는 것은 아니었다.

맥이 풀어져 버린 나는 카페 밖으로 나와 터덜터덜 걸었다. 이해할 수 없는 이 상황을 억지로라도 받아들이고 마음을 가라앉히려면 다른 도리가 없었다.

길바닥에는 산경문전, 산수봉황문전, 연화문전 등 옛 백제 벽돌 문양을 본뜬 오래된 기와 빛깔 보도블록이 깔려 있었다. 백제의 시간을 복원해 다시 찍어낸 그 보도블록들이 내가 백제도 현실도 아닌 어중간한 지대, 이름 붙이기 난감한 다른 세상에 와 있다는 것을 보여주는 것 같았다.

다시 한 번 그에게 전화해서 까닭을 물어야 할까? 아니면 바쁜 사람 부여까지 오게 해 왜 이렇게 일처리를 하는지 따져야 하는 걸까? 아니면 소설이고 뭐고 박동수 씨와 그의 이야기는 잊어버리고 돌아서야 하는 걸까?

그러나 그것들은 모두 내 상한 감정에 바탕을 둔 속 좁은 선택지였다. 이럴 때는 그저 생각을 멈추거나 머리를 비워야 한다고 나는 마음을 추스르며 내처 걸었다.

백제의 마지막 도읍이었던 부여는 오랫동안 한곳에 터를 잡고 발전한 신라의 경주만큼 옛 기와집이나 고적이 많은 도시는 아니었다. 내가 서 있는 거리는 그냥 오래되고 낡고 정체된 지방 소도시의 전형을 보여주고 있었다.

눅눅함이 좀체 가시지 않는 흐린 마음속으로 저만큼 부소산성 가는 길 표지판이 들어왔다.

이왕 부여까지 왔으니께, 부소산성 한번 올라가 봐유. 머가 그짓말인지 금방 알 테니께.

인터뷰를 제대로 시작하기도 전에 그가 했던 말이 불쑥 떠올랐다. 그를 인터뷰하면서 가장 적응하기 힘들었던 것이 맥락도 없이 불쑥불쑥 내던지는 그의 말버릇과 그 말의 내용이었다. 어떻게 보면 그는 주제를 파악하기 참 힘든 사람이었다. 그런 그가 지나가는 말처럼 툭 던진 제안을 실천이라도 하듯 나는 어느새 부소산성을 올라가고 있었다.

가을이 한가롭게 머물고 있는 산성길은 완만했다. 붉게, 그리고 노랗게 물든 잎들을 언제 떨궈야 할지 낙하의 시간을 재고 있는 듯한 산벚나무, 느릅나무, 복자기나무, 고로쇠나무, 단풍나무들이 각기 자신의 영역을 지키고 있는 숲길은 길고 아늑한 단풍터널이었다. 그 터널 속으로 가을이 저만치서 저 혼자 걸어가고 있었다. 호젓했다. 나는 마음이 좀 풀어지는 것을 느꼈다. 시간이 지나면 그가 왜 그랬는지 알 수 있겠지 싶었다.

잠깐 사이 낙화암에 닿았다. 울퉁불퉁한 바위벼랑 아래로 호수처럼 고여 있는 백마강이 보였다. 물고기 비늘이 가만히 수면에 떠 있는 것처럼 잔잔하게 밀리고 있는 물결은 흐르는 듯 멈춰 있고, 멈춘 듯 흐르고 있었다. 흐름이 눈에 잘 보이지 않는 그 흐름은 이곳을 흐른 세월의 모습을 그렇게 보여주는 게 아닌가 싶은 생각이 문득 들었다. 백마강과 낙화암이라는 선입견이 그런 감상을 불러 일으킨 것인지도 몰랐다.

안내판에는 이곳이 1360년 전 전쟁터였다고 적혀 있었다. 신라와 당나라 연합군에게 쫓긴 백제 사람들이 이 절벽 위에 가파르게 서 있는 풀잎들처럼 투항과 죽음 사이에서, 창에 찔리고 겁탈당하고 포로로 끌려가 노예로 살 것인지 스스로 목숨을 거둘 것인지 번민했던 곳이라고.

궁녀가 삼천이믄 여기가 백제였겠슈? 당나라라믄 물러두. 당나라두 삼천궁녀는 뭇 됐을규. 삼백 됐으믄 많이 됐겄네.

박동수 씨가 갑자기 낙화암 이야기를 꺼내며 불쑥 내뱉은 말이었다. 무슨 말인가 싶어 내가 그를 빤히 쳐다보자 그가 덧붙였다.

그짓말이 참말 되는 거 너무 우습잖유? 힘만 있으믄 아주 쉽게, 지들 좋게 바꿔 버리니께.

그러다가 그는 갑자기 흥분해서 소리쳤다. 허옇게 쇤 그의 짧은 곱슬머리가 만화에서처럼 연기를 뿜으며 위로 뻗치고 그의 머리통이 뽀글뽀글 끓어오르는 것 같았다.

그게 말이 되는 소리냐구유? 작가 선생, 안 그류?

만난 지 얼마 되지 않았고, 서로 얼굴을 트고 입을 풀기 위해 부여 이야기 몇 마디 나눈 게 전부인데 그는 그렇게 흥분하고 있었다. 어떻게 보면 그는 그 왜소하고 잔약한 몸에 화가 차돌처럼 뭉쳐 있는 사람 같았다. 인터뷰가 제대로 진행될까 싶었다.

그래도 나는 그날 그와의 인터뷰를 끝까지 진행했다. 이상하게 어긋나고 맥락이 곧잘 무너지면서도 그의 이야기는 그의 입을 통해 조금씩 풀려나오긴 했다. 그러나 쓰는 것은 또 다른 문제였다. 그의 이야기와 그라는 캐릭터가 끌리지 않는 것은 아니었지만 지금처럼 이런 비용을 치르고 쓸 만한 이야기인지 회의가 들었다. 곱씹을수록 그의 이야기는 그와의 인터뷰만큼이나 맥을 잡기 힘들어서 소설화하기가 쉽지 않았다. 나는 허탈한 마음을 내려놓으며 발길을 돌릴 수밖에 없었다. 붉게 물든 산벚나무 낙엽 몇 장이 내 발끝에서 일어섰다 위치를 조금 바꾼 뒤 가라앉았다.

그렇다고 내가 그의 이야기로부터 완전히 떠날 수 있는 것은 아니었다. 그는, 그리고 그의 이야기는 내가 다른 작품을 쓰는 과정에서도 불쑥불쑥 끼어들어 맥락을 흩어놓고 흐름을 꺾어놓곤 했다. 그것은 내가 겪은 그의 성격과 닮아 있었다.

인터뷰를 처음 시작할 때 나는 그의 성장 과정과 가족 이야기

정의연

를 먼저 물었다. 그것이 그에게서 이야기가 스스럼없이 풀려나오도록 하는 한 방편이기도 했고, 그가 어떤 사람인지, 무슨 이야기를 하고 싶어 하는지 파악하기 위한 절차이기도 했다. 대개 이 과정을 거치면 인물의 캐릭터가 얼추 드러나고 이야기를 풀어갈 실마리가 잡히기 마련이었다. 이야기가 잘 풀려나가면 그의 이야기가 소설로 쓸 만한 것인지, 또는 내가 그의 이야기를 쓰기 적당한 사람인지 판단이 생겼다.

66년 2월에 농업학교 졸업허구 3월에 입대혔슈. 사람두 션찮구 학교두 션찮아서 그런지 졸업혀두 갈 디가 읎드라구유. 운명이 이렇게 될라구 그렸나, 그때 마침 선임하사라구 상사 계급장을 단 사람이 졸업 무렵 학교에 와서 하사관학교 생도를 모집허던 게 생각나드라구유. 군대 오믄 밥두 주구 월급두 준다구유. 하사 달구 4년만 지나믄 말뚝 박구 군에 계속 있든 사회루 나가든 맘대루 헐 수 있다구유. 내가 팔남매 장남유. 지을 농사채두 읎구, 놀구 있을 수는 읎응게 바루 지원혔쥬. 훈련이 을매나 독헌지, 논산에서 6주, 금마에서 2주, 하사관학교에서 16주 뺑이쳤슈. 그려두 부대 배치 받구는 괜찮았슈. 쫄병은 아니니께. 얼매 되지는 않어두 월급 타서 전부 부모님헌티 송금허는 재미루 보람두 있었구. 근디 5년 있다 중사 달구 집에 와보니 그동안 보낸 돈이 한 푼두 안 남어 있는 거유. 아버지두 팔남매 장남이라 당신 부모 봉양허구 동상덜 챙기야지, 남은 자식덜 일곱 가르칠라니 답답혔겄쥬. 돈을 벌어야겄다, 살든지 죽든지. 갈 디는 월남백이 읎드라구유.

박동수 씨는 말은 건성건성하는 것 같아도 진지했다. 자기 삶의 이야기라서 그럴 것이었다.

군청 앞에 있는 카페는 작고 좁았다. 일층에 주방과 2인용 테이블 네 개가 놓인 홀이 맞붙어 있고, 지하로 내려가는 중간 층계참에 2인용 테이블 하나가 놓여 있었다. 우리는 거기 층계참 테이블에 마주 앉았다. 다행히 일층과 분리돼 있어 큰 방해 받지 않고 대화를 나눌 수 있었다.

딸만 싯 뒀슈. 나는 그게 월남 갔다온 죄라구 생각혔슈. 귀국허구 바루 전역혔는디, 왜냐믄 복수두 뭇 허는 군대 나두 필요읎구 군대두 나 겉은 군인 더 이상 쓸모가 읎으니께. 농지개량조합 들어가서 쪼매 있다 중매루 결혼혔슈. 사람이 오죽잖어 뵈두 월남 갔다오구 옛날식으루 말허믄 수리조합 댕긴다니께 딸을 준 거쥬.

그는 약을 많이 먹기 때문에 커피는 못 마신다며 맹물을 한 잔 시켜 입술을 축인 뒤 말을 이었다.

근디 이게 있을 수 있는 얘기유?

그가 갑자기 언성을 높였다.

뭐가유?

나도 박동수 씨의 말투를 따라하고 있었다.

중대장 새끼 말유. 냉장고, 카메라, 전축… 지 돈으루 샀을 테니께 내가 머라고 헐 수는 읎슈. 근디 박스에다 그것들을 잔뜩 집어 늫구 내 이름 써서 지 주소루 부쳐 버린 거유. 내 몫의 귀국 박스를 훔쳐간규.

정의연

그게 무슨 말씀이세요?

나는 나도 모르는 사이 내 본래의 말투로 돌아가고 있었다.

그러니께 병원에 찾어와서 내 간을 본 거유. 저 새끼 제정신인지 아닌지.

나는 그를 빤히 쳐다볼 수밖에 없었다. 그의 말은 들을수록 갈피를 잡기 힘들었다.

깨보니께 병원이드라구유. 온몸이 쑤시구 뒤틀리는디 아플 겨를두 읎었슈. 오른쪽 옆자리에 누워 있는 병사는 눈이 읎었구, 왼쪽 옆자리에 누워 있는 병사는 다리가 읎었슈. 장이 쏟아져 나온 맞은편 침대 병사는 죽여 달라구 소리치구 있었구.

의사는 포탄 파편이 내 옆구리를 뚫구 뒤쪽으루 들어가 창자를 휘감는 바람에 장간막이 파열됐다구, 수술이 잘 돼 큰 문제는 읎을 거라구 허드라구유. 파편은 몇 개 더 백혀 있는디 급헌 건 아니니께 당장은 놔둬두 괜찮을 거라구, 자잘한 거까지는 다 제거하기에 렵다구 허드라구유.

깨나구 메칠 만에 방구가 나왔슈. 살아난 거쥬. 근디 그때부텀 막막해지더라구유. 중대장 포함 전투에 참가헌 우리 중대원덜 다 죽구 나만 살어남았다는 게 믿기지 않았슈. 병원에 있는 사이 내가 새루 배속됐다는 전투지원중대 중대장이란 자가 병원으루 찾어온 거유.

화랑훈장 상신혔으니 퇴원허는 대루 귀국 준비허라구.

그는 그때의 중대장 말투를 그대로 흉내 내고 있었다.

나는 안 된다구 혔슈. 혼자 돌아갈 수 읎다구, 반드시 전사헌 중대장님과 우리 전우덜, 부하덜 복수허구 가겠다고, 전투부대루 보내 달라구 혔슈. 애원혔슈.

박 상사, 왜 그래? 당신 상태를 보라구, 전투 할 수 있는 몸인가?

아뉴. 내 몸은 괜찮어유. 꼭 복수허고 갈규. 기회를 줘유!

이 사람 이거 돌았구만! 당신 목숨 몇 개야? 부대 전멸하고 혼자 살아남았으면 하늘에 감사해야지. 잔말 말고 어여 돌아가!

중대장이 버럭 화를 내구 병실을 나갔슈. 근디 그 새끼, 내 훈장까지 떼먹었다라구유.

그는 모노드라마를 하는 배우처럼 배역을 바꿔 가며 당시 상황을 전달하기 위해 애를 썼다. 목소리와 말투, 표정까지 바꿔 가며 온몸으로 '그때'를 표현하는 그의 연기는 어떻게 보면 재밌고, 어떻게 보면 처절했다.

그렇게, 훈장이구 나발이구 즌쟁 허자구 뎀벼드는 늠덜 믿으믄 안 돼유. 왜 있잖유? 걸핏허믄 쳐들어가서 본때를 뵈주야 헌다, 왜 더 강허게 못 허냐, 응징혀야 헌다, 작살을 내야 헌다 허는 늠덜은 지덜이 싸우러 안 가니께 그런 말 허는 거라구유. 막말루 죽을 늠덜 따루 있으니께, 딴 늠덜이 대신 가서 죽거나 저는 빠져두 되니께 그런 싸가지 읎는 말 허는 거라니께유. 나쁜 늠으 새끼덜!

그가 다시 흥분하기 시작했다. 나는 이렇게 해서야 쓸 만한 이야기를 건질 수 있을까 싶었다. 중요한 이야기가 그의 입에서 흘러나오는 것 같아도 계속 듣다 보면 맥을 잡기도 종을 잡기도 힘들었다. 베트남전에 관한 소설을 쓰기 위해 백 명 넘는 사람들을 만났지만 박동수 씨 같은 사람은 처음이었다.

박영한의 《머나먼 쏭바강》, 황석영의 《무기의 그늘》, 안정효의 《하얀 전쟁》, 이윤기의 몇몇 단편 이후 한국과 한국문학에서 베트남전은 낡은 이야기로 치부되고 있었다. 그 작가들은 모두 그 전쟁의 참전군인들이었다. 자신의 체험을 바탕으로 소설을 쓴 것이다. 그래서 다른 작가들은 엄두를 못 내는 것일까?

나는 그 벽을 깨고 싶었다. 내가 만나 본 참전자들은 아직도 여전히 그 전쟁 속에 살고 있었다. 이야기가 낡은 것이 아니라 이야기 방식이 낡은 것 아닐까? 아니면 작가들이 그 전쟁과 그 전쟁을 치른 사람들에 대해 별 관심이 없고 게을러서 그런 것 아닐까? 참전자들을 만날수록, 베트남에 가서 그 전쟁의 민간인 피해자들을 만난 뒤로는 더더욱 그런 생각이 커졌다. 이야기는 계속 씌어지고, 다시 씌어져야 한다고, 그들을, 그 전쟁을 다시 만나야 한다고. 그 전쟁은 세계사를 바꿔 놓았을 뿐만 아니라 싫든 좋든 그 전쟁에 가담하고 연루됐던 사람들의 삶과 그 가족들의 삶, 그 자식과 손주들의 삶까지 구속하고 고통을 주고 여전히 그들을 지배하고 규율하고 있으므로 소설은 거기 있어야 한다고, 소설가는 그걸 담아내야 한다고 나는 나 자신을 다그쳤다. 나는 부지런히 자료를 모으고, 더 많은 한국군 참전자들과 베트남 쪽 참전자들, 민간인 피해자들을 만나고, 온·오프라인에 그물처럼 퍼져 있는 한국군 참전자들의 다양한 네트워크와 커뮤니티를 7년째 주시하고 있었다.

뒤늦게 발견한, 베트남전 한국군 참전군인들이 드나드는 한 인터넷 카페에서는 안케 전투를 놓고 몇 년째 치열한 논쟁을 벌이고 있었다. 논쟁 참가자들은 사병 출신도 있고 하사관 출신도 있고 장교 전역자도 있고, 당시 장교였던 퇴역 장군도 있었다.

안케 전투는 1972년 4월 11일부터 26일까지 16일 동안 베트남 중남부 안케패스 일대에서 맹호부대와 북베트남 정규군 사이에 벌어진 전투였다. 주 전투 장소는 638고지와 주변 고지였지만 핵심은 19번 도로였다. 맹호사령부가 있던 꾸이년을 남북으로 지나는 1번 도로에서 갈라져 나와 캄보디아 국경까지 동서로 이어진 19번 도로는 당시 최전방에서 북베트남군과 맞서고 있는 남베트남군의 유일한 보급로이자 중요 작전도로였다. 그 19번 도로가 지나는 안케패스 일대를 미군이 지키다 철수하고 맹호 기갑연대 1중대가 지키고 있었다. 베트콩이나 북베트남군이 장악하게 되면 남베트남군 군단 병력이 포위되고 꾸이년이 위험해지는 것과 동시에 맹호부대도 타격을 받을 수 있는 요충지대였다.

19번 도로와 가까운 638고지는 이른바 감제고지였다. 안케패스에서 가장 높은 지대여서 주변의 움직임을 모두 살필 수 있는 곳이었다. 당시 파리에서는 휴전회담이 열리고 미군의 숫자도 10분의 1로 줄어 있었다. 얼결에 미군보다 많아진 한국군도 일부는 철수했고, 주력부대도 베트남 철수를 준비해야 한다는 말이 나오던 터였다. 그래서 그랬는지 638고지를 지키던 맹호 1소대는 전술기지를 그대로 둔 채 서북쪽으로 500미터 아래 능선에 있던 중대본부로 철수해 버렸고, 한국군의 경계 소홀을 틈타 북베트남군이 그 기지를 기습 점령해 버린 것이다. 한국군은 638고지를 점령한 북베트남군이 중대본부에 포격을 할 때까지 고지가 점령된 사실을 모르고 있었다. 적의 기습공격으로 당황한 한국군은 피해를 크게 입고 수색중대, 3중대까지 대대 병력을 638고지 탈환에 투입했다. 피해는 더 커졌다. 그때까지 한국군은 적들이 베트콩인지 북베트남 정규군인지, 그 수가 얼마나 되는지조차 파악하지 못하고 있었다. 포병과 미군 폭격기까지 동원해 이틀 동안 포격과 폭격을 하고 다시 병력이 투입됐다. 적의 공격은 더 거세졌고, 피해는 더 커졌다. 급기야 맹호 1연대와 26연대 병력까지 투입돼 사단급 전투를 벌였지만 막대한 피해를 입고 고지 점령에 실패했다. 14일째 되는 날, 다시 포탄을 쏟아 붓고 4중대가 638고지에 올라갔을 때 고지는 텅 비어 있었다. 적군 시체 4구, 그들이 쓰던 무기 36점이 적들이 남기고 간 전부였다. 한국군은 전투 기간 동안 705명의 적을 사살하고, 아군 75명이 전사, 105명이 부상했다고 발표했다.

논쟁은 한국군이 베트남전 참전 사상 최악의 전투를 벌였고 가장 많은 아군 사상자가 나온 치욕적인 패전이라고 말하는 쪽과 비록 아군과 적군 모두 시신으로 산을 쌓고 핏물로 바다를 이룬 참혹한 전투를 치렀지만 끝내 고지를 탈환한 승전이라고 옹호하는 쪽의 대립이었다. 패전이라고 말하는 쪽은 그렇게 많은 병사와 젊은 장교들을 죽여 놓고 치열한 전투를 벌인 끝에 엄청난 전과를 올렸다고 국내 언론에 대대적으로 홍보하고 몇몇 살아남은 자들끼리 계급을 올려 주고 훈장 잔치를 벌였다는 것은 후안무치의 결정판 이라고, 보름이 넘도록 기본이 안 된 전투를 벌이면서 아군이 죽고 또 죽어 시체의 탑을 쌓는 동안 적이 맘껏 휘젓다가 철수하는지도 모르게 철수하도록 만든 못난 전투의 전형이라고, 여기서 승패는 의미조차 없다고, 경계를 소홀히 하고 전황을 오판해 그 많은 부 하들 다 죽인 지휘관 놈들은 다 남지나해에 빠져 죽었어야 했다고 공격했다. 638고지는 한국군 소대 병력이 주둔하던 곳인데 적이 어떻게 705명이나 주둔할 수 있었겠냐고, 그것도 한국군이 밝힌 죽은 적의 숫자만 셈했을 때 그런 거고, 부상당한 자, 고지를 빠져 나간 자들까지 셈하면 대체 적이 얼마나 그곳에 있었다는 말이냐 고, 최소로 잡아도 1,000명이 넘는다는 얘긴데 도대체 가능한 뻥 이냐고, 그 고지에 지하로 25층 아파트라도 지었던 것이냐고, 실 패와 패배를 감추고 분칠하기 바빴지 패배를 통해 배운 게 없다 고 화를 냈다. 옹호하는 쪽은 우리 쪽 피해도 크지만 적에게 막대 한 손실을 입히고 마침내 승리해서 한국군이 무사히 철수할 수 있 는 방어선을 지켜냈던 것이라고 박수를 쳤다. 그렇지만 한국군의 안케 전투 대응을 비판하고 공격하는 의견이 훨씬 많았다. 적에게 맨 처음 공격을 받았던 1중대 출신 병사는 자신이 안케 전투 수기 도 썼다며 실명을 밝히고 자신의 눈으로 본 1중대 전사자만 20명 이 넘었다고, 638고지에만 7개 중대, 안케패스 일대에서 아군 18개 중대가 전투에 참가했는데 밝히지 않은 아군 사상자가 대체

정의연

얼마일까 생각하면 끔찍하다고 했다.

진실이 무엇일까? 내 안에서 급격하게 관심이 증폭됐다. 이야깃거리가 될 것 같았다.

안케의 진실을 알구 싶어유? 나헌티루 즌화 허세유. 내가 산증인이니께.

누군가가 단 댓글이 내 눈을 확 잡아당겼다. 댓글 끝에 핸드폰 번호가 적혀 있었다. 앞 번호가 011이었다. 날짜를 확인해 보니 3년 전에 쓴 글이었다.

접속이 가능할까 조바심을 내면서 나는 곧바로 전화했다. 번호의 주인공이 전화를 받았다. 자동 변경된 010 번호로 연결이 된 것이다.

그류? 여기 부여유. 촌늠인 내가 서울꺼정 갈 수는 읎구, 웬간허믄 작가님이 내려오세유. 안케 전투 얘기는 내가 얼매든지 해드릴 수 있으니께.

내 말을 듣자마자 그는 진한 충청도 서남부 사투리로 선선히 대답했다. 그런 그가 이렇게 저렇게 화만 내고 변죽만 울릴 뿐 안케 이야기는 한 마디도 꺼내지 않고 있는 거였다.

조금 더 기다려야 할까? 그가 아직 안케 이야기를 꺼내놓을 상태에 이르지 못한 걸까?

지금이니께 허는 말이지만 내가 뭇헐 짓 참 많이 혔슈. 특히나 식구덜에게.

그는 다시 이야기의 물줄기를 다른 데로 돌리고 있었다. 나는 그의 입만 바라보고 있는 셈이었다. 그렇더라도 내가 그의 어떤 것을 서둘러 끄집어내는 것보다 그가 스스로 풀어내도록 기다리는 것이 나을 것 같았다.

지금두 시집간 딸덜이 나만 보믄 허는 소리가 있어유. 그때 아빤 사람두 아녔다구. 학교 갔다 와두 집에 들어올 수가 읎어 아빠가 잠들 때꺼정 밤늦도록 백으루 배돌었다구. 그류! 내가 원제는 사람였간디유.

그가 고개를 돌려 창밖을 내다봤다. 창밖은 텅 빈 주차장이었다. 바닥에는 양생한 지 얼마 안 된 시멘트에서 흘러나온 분비물이 허옇게 말라붙어 있었다.

말허믄 뭐허겄슈. 그 지랄 허구 살었는디. 근디, 참말루 내 얘기 써줄 수 있슈?

그가 고개를 돌려 나를 빤히 쳐다보며 말했다. 지금 생각하니 그는 내 간을 보고 있었던 것 같다. 내가 자신의 이야기를 제대로 쓸 수 있는 인간인지, 아닌지.

그러믄요. 그러려고 먼 길 왔는데.

그때는 미쳐 있었슈. 아마 집사람 말 안 듣구 약을 먹지 않았으믄 벌써 죽었거나 지금두 그러구 있을규.

그는 다시 하던 이야기를 계속하고 있었다. 내가 손쓸 수 있는 이야기가 아니었다. 작품이 되고 안 되고가 문제가 아니라 우선은 그가 말하도록, 충분히 자신의 이야기를 하도록 들어주는 것이 최선일 것 같았다.

정의연

그려서 허는 말인디, 즌쟁, 그거 참 거시기헌 거유.

그의 말은 전혀 맥락 없이 툭툭 던지는 것 같아도 듣고 나면 뭔가가 이어지는 것 같기도 했다.

내가 제대허구 부여 농지개량조합 댕겼는디유, 지금 말루 허믄 농어촌공사유. 틈만 나믄 월남 얘기 혔덩개뷰. 안 허믄 뭇 살었으니께.

내가 고보이 평야 수색 나갔을 때 말여, 들이 월매나 넓은지 끝이 안 뵈드라구. 벼들의 푸른 물결이 바다처럼 벙벙한 저 멀리 하늘과 땅이 맞닿아 있는 거만 가물가물 뵈드라니께.

그는 내가 그때의 직장 동료들이나 되는 것처럼 이야기를 풀어 놓고 있었다. 말투도 엄숙한 반말투로 바뀌어 있었다.

베트콩이 지나댕긴다는 길목 근처 둑에서 참호 파구 전우덜이랑 매복허구 있는디 비가 정신읎이 쏟아지더라구. 을매나 많은 양이 급작스럽게 쏟아지는지 온 천지가 물에 잼겨 워디가 길인지 들인지 마실인지 분간헐 수가 읎는 거여. 철수를 헐라구 혀두 철수헐 길이 읎더라구. 구조 요청을 혔는디 비가 너무 쏟아진다구 미군 헬기두 뭇 뜬디야. 우리가 있는 둑을 빼구는 사방천지가 다 물이었어. 감옥에 갇혔구나, 물감옥에 갇혔구나, 사방에서 물이 조여오니께 숨을 쉬기두 에렙드라구. 그 둑조차 물에 잼기는 건 시간 문제였어. 에렵게 에렵게 터진 무전기 속에서 중대장은 대책이 읎다구, 비 그치구 물 빠질 때꺼정 어떻게든 전뎌 보라구만 허드라구. 인자 둑 위꺼정 물이 넘실거리기 시작허대. 물에 떠내려가지 않을라구 서로 팔을 걸어 몸을 묶구 버텼어. 하나씩 죽으믄 먼저 가는 자나 조금 늦게 가는 자나 너무 힘들구 고통스러우니께, 죽게 되믄 다 같이 죽자구.

그가 훅 하고 울음을 터뜨렸다. 그리고 한동안 말을 잇지 못했다.

우릴 구조허겄다구 APC 두 대가 다가오더라구. 수륙양용이니께 보낸 거지. 근디, 그 알미늄 장갑차 두 대가 우리 가까이 오기두 전에 물살에 휩쓸려 곤두박질치며 떠내려가드라구. 가랑잎같이…. 이제 기댈 데두 읎구 이렇게 죽나 싶드라구. 뵈는 것은 물뱎이 읎는디 물을 보믄 눈알이 핑핑 돌구, 저절루 물살에 휩쓸려가는 거 같구. 근디 살라구 그렸나 그짓말처럼 비가 뚝 그쳤어. 곧장 헬기가 뜨더라구. 그려두 맘을 놀 수가 있으야지. 헬기두 으떻게 될지 몰르구, 비두 원제 또 쏟아질지 몰르니께. 벌써 물이 둑을 넘구 있는 판인디 헬기가 우릴 하나씩 끌어올리기 시작혔어. 나는 맨 나중에 탔지. 선임하사니께. 근디 지달리는 시간이 얼매나 긴지 몰르겄더라구. 혼자 되니께 눈이 팽글팽글 도는 속도가 더 빨라지구 다리에 물이 차올라 금방이라두 물에 휩쓸려 자빠질 것 같았어. 그냥 선 채루 오줌 질질 싸구 있다가 가까스루 헬기를 타구 나서야 맥이 풀어지더라구. 부대루 복귀혀서두 고개를 못 들구 댕겼어. 우릴 구헌다구 그 거친 물살 속을 달려오던 APC 병사덜 다 죽였으니….

그는 다시 울먹였다. 그는 여전히 거기, 고보이에 있었다.

그렇게 살어남은 우리 전우덜 엉뚱헌 디서 다 쥑였으니….

그가 처연한 눈빛으로 나를 보다가 창밖으로 시선을 돌렸다.

정의연

그러니께 쫓겨났겄쥬. 나보구 회사에서 출근 고만허라구 허드라구유.

그는 갑자기 남 이야기를 하듯 말투가 바뀌어 있었다.

안 그렇겠슈? 형제덜두, 식구덜두 질려 허는디, 회사 사람덜이 왜 듣구 있겄슈. 내가 출근 안 허구 있으니께 아내가 무슨 일인가 싶어 회사루 쫓어갔덩개뷰. 과장이 그르드래유. 병원에 한번 데려가 보라구.

그는 잠시 말을 멈췄다가 눈을 가느다랗게 뜨고 콧등에 주름을 밀리게 한 뒤 말을 이었다.

밥벌이허든 직장두 떨어지구, 월매나 패악질을 부렸는지 식구덜은 숨어서 설설 기구…. 어느 날 술이 떨어져서 맨정신으루 보니께 내가 가장이 아니라 인육 먹는 호랭이처럼 식구덜을 잡어먹구 있드라구유. 더 살어서 머 허나 싶드라구유.

그는 목을 바싹 졸라맨 넥타이를 문고리에 걸고 몸을 늘어뜨렸다. 문이 덜컹거리고, 그가 숨을 닫는 소리를 듣고 달려온 막내딸에게 발각돼 그의 소멸은 실현되지 않았다.

뭇헐 짓 참 많이 혔쥬.

그가 한숨을 폭 내쉬었다.

아내가 강제루 입원시켰슈. 그전 같으믄 병원의 병 자만 나와두 내가 주먹을 휘두르구 살림 다 부셔 버리니께 워떠케 뭇 혀보더만 이제 이판사판이라구 뎀벼들더라구유. 정신과 약을 먹기 시작 허믄서 나두 차츰 가라앉었슈. 아직두 술 한잔 들어가믄 또 지랄

발광허긴 허는디, 그러니께 술은 입두 안 대유.

왜 그러셨어요?

왜?

그가 멍한 눈으로 나를 쳐다봤다. 무슨 일인가 싶어 나는 그의 눈을 유심히 살폈다. 그의 눈은 나를 보고 있지만 초점이 없었다. 그는 그 상태로 멈춰서 움직이지 않았다. 나는 그가 몸의 껍질을 벗어놓고 어디론가 사라져 버린 게 아닌가 싶었다.

처음 그의 중대가 안케로 투입된다는 말을 들었을 때 그는 안케가 어디인지, 어떤 상황인지 몰랐다. 그가 선임하사인데도 누구도 말해 주는 사람이 없었다. 지도를 보니 그곳은 그가 소속된 연대 작전지역이 아닌 다른 연대 주둔지역이었다.

푸캇에서 헬기를 타고 기갑연대 주둔지에 내렸을 때 너른 모래 벌판에는 각기 다른 지역에서 그들을 태워 왔고, 다시 안케로 태우고 갈 미군 헬기 십여 대가 잠자리부대처럼 벌판 한쪽에 나란히 도열해 있었다. 그 앞, 장승처럼 서 있는 선인장들 사이사이에 안케로 투입되기 직전의 병력들이 뿌리가 잘려 곧 출하될 배추밭의 배추들처럼 무더기무더기 흩어져 있었다. 여러 부대에서 차출된, 대대 규모가 넘어 보이는 병력이었다. 담배 한 대를 입에 문 사이, 대검이 지급됐다. 그동안의 전투에서 대검이 지급된 적은 없었다. 시원하게 얼린 코카콜라와 버드와이저 캔도 같이 지급됐다. 전에 없었던 일이었으므로 대검이 백병전용 무기이며 콜라와

정의연

맥주는 먼저 가게 될 자들에게 미리 지급하는 저승길 노자라는 것을 다들 눈치챌 수 있었다. 뻣뻣하고 거친 불안감이 가슴을 후려쳤다. 헬기 탑승이 시작됐다. 담배연기가 몸에서 빠져나가는 넋처럼 저마다의 머리 위에서 맴돌다 작별 인사를 하듯 흩어졌다. 불안감도 두려움도 스스로를 접어 버린 절망감도 헬기에 같이 탔다.

적의 휴대용 B40 로켓포와 박격포가 두려운 미군 헬기는 고갯마루 아스팔트 위에 병력을 팽개치듯 내려놓고 재빨리 달아났다. 맨 나중 내린 그의 눈에 먼저 내렸던 병사들이 보이지 않았다. 곧바로 포탄과 총알이 날아왔다. 죽어라 달려 고개와 맞닿은 산자락에 붙었다가 포복으로 기어 그곳에 주둔하다 깨진 기갑연대 1중대 교통호 속으로 들어갔다. 포탄이 바로 뒤따라와 터지고 화염이 교통호 속까지 파고들어왔다. 어디선가 적이 보고 쏜다는 뜻이었다. 화약 냄새가 머리를 쪼갤 듯이 덮쳤다. 그보다 더 지독한 것은 교통호를 벗어날 수 없어 그 자리에서 해결한, 거기 있던 병사들의 똥오줌 냄새와 그 교통호 안에서 며칠째 썩어 가는 시신들의 냄새였다. 누구도 그 시신들에 대해 신경 쓸 수 없었다. 거기에 똥과 오줌을 보태다가 자신의 몸을 보태지 않기 위해 목숨을 내놓고 싸워야 할 판이었다.

밤 열두 시에 진격 명령이 떨어졌다. 목표는 적군이 기습점령하고 있는 아군의 638고지였다. 적군이 감제고지를 점령하면서 1중대는 독 안에 든 쥐 꼴이었다. 이미 엄청난 타격을 받아 전멸 직전에 대대적인 다른 부대 지원으로 전투가 계속되고 있었고, 그

지원 부대들마저 막대한 피해를 입으며 고전하고 있었다. 그 피해와 손실을 만회하고 상황을 바꿔 보겠다고 그의 중대처럼 다른 연대 지원군까지 투입된 것이다. 거기에 더해 막 월남에 도착한 다른 사단 신병들까지 투입되고 있다는 소리도 들렸다.

그의 중대가 교통호를 나와 능선을 따라 올라가기 시작했을 때, 불쑥 조명탄이 터졌다. 밤중에 산속을 헤매며 허수아비 춤을 추는 것 같은 중대원들의 모습이 한눈에 들어왔다. 지금 공격하러 올라가고 있다는 것을 적에게 알려주는 신호탄인 셈이었다. 아군 쪽에서 누군가가 잘못 쏜 것이었다.

엎드려!

그는 소리치며 후다닥 엎드렸다. 아무 일도 일어나지 않았다. 그래서 더 불안했다. 적들이 자신들의 사정거리에 들어올 때까지 기다리고 있는 것 같았다.

고지를 우회하는 길에 계곡이 나왔다. 시체 썩는 냄새가 진동했다. 누가 자꾸만 옷깃을, 머리카락을 잡아당겼다. 그가 맨 끝에 있어 뒤에는 아무도 없었다.

새벽 네 시쯤 적의 1차 저지선 밑에 도착했다. 적의 초병이 내려다보며 총을 겨누고 있는 게 그림자들의 움직임처럼 일렁일렁 보였다. 곧바로 공격 명령이 떨어졌다. 총을 몇 발 쏘기도 전에 총알이, 포탄이, 불덩어리가 쏟아져 내려왔다. 응사는 도저히 불가능했다. 그는 어떻게 할 수 없어 하늘을 보고 누웠다. 미처 어둔 하늘을 눈에 담기도 전에 그 대신 총알을 맞은 나뭇가지와 잎들이 그

정의연

의 얼굴로 쏟아져 내렸다. 그는 그대로 나뭇가지와 잎들에 묻히는 것도 괜찮을 것 같았다.

그 사이 날이 밝았다. 다시 공격 명령이 날아왔다. 중대는 다시 움직였다. 바로 앞에 바위처럼 생긴 엄폐물이 있었다. 그는 포복으로 바위 가까이 다가갔다. 수백 마리의 쇠파리 떼가 눈으로 얼굴로 달라붙었다. 근처에 시체가 쌓여 있다는 뜻이었다. 머리칼이 주뼛섰다. 손바닥으로 눈과 얼굴에 붙은 쇠파리를 쫓으며 팔꿈치로 한걸음 더 기었다. 그 순간 불덩이가 날아와 그가 방금 옮겨온 자리를 스쳤다. 적의 B40 로켓포탄이었다. 그를 따라 그 자리에 들어온 김일현 병장의 팔이 비명과 함께 날아가고 있었다. 고기 타는 냄새가 진동했다. 그는 기어 내려가 김일현을 안았다. 몸이 검게 타버린 그의 숨은 벌써 꺼져 있었다. 김일현은 귀국 보름을 앞두고 전투에 투입된 터였다. 마지막 전투겠지요? 불안하게 웃던 김일현의 눈이 숯이 된 그의 몸뚱어리에 떠 있었다. 그러나 눈물을 흘릴 겨를이 없었다. 총알이 장대비처럼 쏟아지고 귀신들이 울부짖는 것처럼 박격포탄이 바람을 가르며 쉬지 않고 날아왔다.

후퇴 명령이 떨어졌다. 적들은 따라오면서 공격했다. 그의 중대는 폭격 위험 반경에 있었지만 공중폭격을 요청해 그 폭격으로 적이 주춤하는 사이 빠져나왔다. 낯선 정글을 뚫고 다시 1중대 교통호 안 벙커에 들어갔을 때는 밤 아홉 시였다. 누가 죽고 누가 살았는지 가리는 것조차 번거롭고 힘들었다.

허기가 몰려왔다. 살아 있는 병사들은 무언가를 입에 넣고 오물

거리고 있었다. 그는 C레이션에 든 캔 하나를 땄다. 캔 안에서 올라오는 쇠고기 통조림 냄새가 시신 썩는 냄새보다 더 역했다. 그는 입에 넣을 수가 없었다. 껌 하나를 입에 넣고 씹었다. 부패해 형체가 무너져 내리고 있는 시신들이 어제보다 더 독한 냄새를 풍기며 이빨에서 으득으득 씹혔다. 그는 씹던 껌을 뱉었다. 어제와 오늘이, 어제와 오늘과 어떻게 다를지 모를 내일이 자꾸 침으로 고여 그는 침을 뱉고 또 뱉었다.

다시 날이 밝아 왔다. 정면 공격 명령이 떨어졌다. 군장을 최소화하고 다시 올라갔다. 8부 능선에서 더는 올라갈 수 없었다. 30~40미터 위 벙커 안에서 밑을 내려다보며 정확히 내리꽂는 적의 포격과 총격을 견뎌낼 수가 없었다. 사단에서 흙을 채운 드럼통을 헬기로 내려줄 테니 그걸 밀어 올리며 올라가라는 명령이 떨어졌다. 드럼통을 밀고 앞장서 올라가던 중대장이 이마를 관통당해 쓰러지고 같이 밀고 올라가던 병사들도 주춤주춤 흩어져 드럼통이 저 혼자 밀려 내려왔다. 중대는 중대장의 시신도 수습하지 못하고 후퇴했다.

방독면이 지급되고 다시 공격 명령이 떨어졌다. 638고지에 가스탄을 터뜨리고 다시 공격했다. 적들은 완강했다. 허공 중에 퍼지는 가스를 오래 붙들어 둘 수도 없었다. 다시 밀려 내려오면서 잠깐 쉬는 사이, 자신의 방독면을 벗어놓고 온 소대장이 그 방독면을 찾아오라고 전령 박창식을 보냈다. 그 사이 부대는 아래로 이동했고, 박창식은 내려오지 않았다. 미군의 네이팜탄이 번쩍번쩍

정의연

사각의 불꽃을 터뜨리며 638고지와 그 주변에 떨어졌다. 노랗고 붉은 불덩어리 장막이 땅을 덮고 검은 연기가 하늘을 덮었다. 뒤이어 미군기의 대대적인 폭격이 이뤄지고 다시 공격 명령이 떨어졌다. 고지에 접근했을 때 박창식은 털이 그슬린 개처럼 시커멓게 타서 죽어 있었다. 곁에는 타다 만 방독면이 그가 벗어놓은 탈처럼 놓여 있었다. 눈앞이 캄캄했다. 이 전투가 어떻게 흘러가는지 알 수가 없었다. 다른 도리가 없었다. 먼저 죽지 않으면 어떻게든 적을 때려잡고 고지를 점령해야 했다. 그래야 이 어처구니없는 전투가 끝날 것 같았다.

날이 어두워지고 있었다. 몇 개의 중대 병력이 고지를 에워싸며 밀고 올라가고 밀려 내려오기를 그날만 다섯 번째, 밀고 올라가는 드럼통 밑 틈으로 보니 고지 정상이 보이고 아군이 설치하고 방치해 놓은, 그 많은 포격과 폭격에도 그대로 서 있는 관망대가 보였다. 그 관망대를 오르내리는 적들의 움직임도 보였다. 조금만 더 가면 될 것 같았다. 그런데 뒤에 처져 있는 아군 쪽에서 총알이 날아왔다. 너무 많이 올라가 적으로 보인 걸까? 아니면 서로 먼저 올라가기 위해 견제를 한 것일까? 알 수 없었다. 사단에서는 선착 고지 점령 부대에게 전원 일 계급 특진과 훈장을 내걸고 있었다. 아군끼리의 총격은 다시 일어났고, 고지에서 40미터 지점까지 철수하라는 명령이 떨어졌다.

막 이동을 끝냈을 때, 그 자리에서 교통호를 파라는 명령이 다시 떨어졌다. 야전삽을 댈 데가 없을 정도로 셀 수도 없는 아군의 시신들이 겹쳐서 널브러져 있었다. 시신들을 조금씩 밀어놓고 교통호를 팠다. 교통호 위에 여기저기 걸쳐 있는 시신들은 저절로 엄폐물이 됐고, 그 시신들에서 떨어지는 피와 추깃물이 밤새 낙숫물처럼 교통호 바닥에 떨어졌다.

어둠을 걷어내는 푸른빛이 떠올랐다. 날이 또 밝아 오고 있었다. 적들이 점령하고 있는 고지 관망대에서 다시 총알이 쏟아져 내려오기 시작했다. 교통호 안에 있어 총알은 맞지 않았다. 그러나 꼼짝도 할 수 없었다. 죽은 중대장 대신 중대를 맡고 있는 소대장이 무전병을 시켜 포격을 요청했다. 지휘부는 적과의 거리가 너무 가까워 안 된다고 했다. 이래 죽으나 저래 죽으나 마찬가지라고 빨리 끝내 버리자고 소대장이 무전기에 대고 소리쳤다. 아군의 포격이 시작됐다. 그 포격으로 적진에 있는 관망대가 쓰러지는 게 보였다. 그와 동시에 적진에서 노란 연막탄이 올라갔다. 그것을 신호로 적의 포격이 시작됐다. 있는 걸 다 쏟아 붓겠다는 듯 엄청난 양이었다. 교통호 안에도 포탄이 쏟아지기 시작했다. 이쪽인지 저쪽인지 어디에서 쏘는지 알 수 없는 포탄들이었다. 눈을 뜰 수도 숨을 쉴 수도 없었다. 그는 그냥 몸을 조그맣게 말아 엎드렸다.

잠시 모든 것이 멈춘 것 같은 소강상태가 지나고 다시 포탄이 날아오는 소리가 들렸다. 누군가 쇠몽둥이로 등을 후려치는 듯한 충격이 왔다.

맞았구나!

내가 맞았구나!

정신이 멍해지고 몸이 둔중해지는 느낌이 온몸으로 퍼졌다. 저 아래 민가에서 아침밥 짓는 연기가 허옇게 허옇게 하늘로 올라가고 있었다. 연기는 하늘과 땅을 잇는 동아줄 같았다. 곧바로 사물들이 일그러지고 희미해져 갔다.

아, 그 동아줄이 내가 잡고 올라가야 하는 것이었구나!

이렇게 죽기 위해 여기 온 거구나!

그렇게 고개가 꺾이고 어느 순간 다시 눈이 떠졌다. 포탄이 계속 쏟아져 내리고 있었다. 눈에 보이는 중대원들은 다 죽어 있었다. 신음 소리조차 들리지 않았다. 산 사람이 아무도 없다는 뜻이었다. 그는 시체 더미 위를 기어 교통호를 벗어났다. 다시 기어서 5부 능선쯤 내려갔을 때 누군가 그를 끌어당겨 다른 교통호 안으로 내렸다. 포격은 계속되고 있었다.

상사님, 등이….

누군지 모를 다른 중대 병사가 그의 몸에 압박붕대를 감고 약을 먹였다.

어떻게 생겼어?

파편이 박혀 있습니다.

몸에 파편이 박혀 있다면 이 구덩이에서 살아 나가긴 틀린 일이었다. 몸에서 힘이 쑥 빠져나갔다. 그때부터 통증이 시작됐다. 온몸을 저미는 견딜 수 없는 통증이었다. 그는 그대로 까무러쳤다. 저승인지, 꿈속인지, 소망인지, 현실인지 어디선가 헬기 프로펠러 소리가 들렸다.

거기서, 전투에 참가헌 우리 중대원 중 나만 살어남았슈. 전멸허구 나만 살어남았다구!

그가 울었다. 주먹으로 눈물을 훔치며 울었다. 끝내 감정이 북받친 그는 꺼이꺼이 울었다.

내 얘기 끝꺼정 들어준 사람은 작가 선생이 츰이유!

한참 뒤 감정이 좀 숙어진 그는 어린아이처럼 훌쩍였다.

시방두 거기 가믄 한글루 '전승비'라구 쓴 비석이 서 있다구 헙디다. 638고지 꼭대기에 말유. 하여튼 그 사람덜두 대단혀. 그걸 여태 놔두는 거 보믄.

그의 울음 끝이 잦아들고 있었다. 그가 나를 빤히 쳐다보다가 얼굴빛을 고치고 말했다.

나 알어 달라는 거 아뉴. 우리가 워치게 죽었는지 누군가는 알구 있으야 헐 것 아뉴?

그러믄요. 그래야지요. 그래서 제가 선생님 말씀 듣고 있는 것 아닌가요? 그런데 중대가 전멸했다는 것은 어떻게 확인하셨어요?

그의 증언이 기존 기록과 다르다면 나는 그 까닭을 알고 있어야 했다.

내가 거기 있었구, 내 눈으루 봤구, 그 전투에 참가헌 중대원 중 살어남은 사람이 나백이 읎으니께 전멸헌 거쥬.

그 대목에서 그는 다시 발끈했다. 자신을 의심한다고 생각하는 것 같았다.

살어 있는 전우가 있었는디 그냥 놔두구 나만 혼자 살려구 도망

정의연

쳤단 말유, 시방?

그럴 리가 있겠습니까? 공식 기록과 차이가 있다면 왜 그런지 알고 싶은 거죠. 그래서 현장에 있었던 분의 증언이 필요한 거구요.

그려서 내가 그토록 복수허고 싶어 혔던 거유. 미안허구, 괜히 살어남었나 싶구, 죽구 싶구, 낯 들구 살 수 읎어서…. 머, 살었다구 헐 수두 읎슈. 고망쥐처럼 평생 굴속에서 폐인처럼 살었으니께.

그는 다시 고개를 떨궜다. 몹시 미안해져서 나는 그의 손을 잠깐 잡았다 놓았다.

근디 그 새끼덜, 죽은 사람 숫자꺼정 쇡인다는 게 말이 되냐구유?

그가 다시 소리를 버럭 질렀다.

그 새끼덜이 그날 전투에 참가헌 우리 중대원들 열일곱 명 죽었다구 워디다 적어 놨더라구유. 중대 편제가 열일곱 명이유? 이게 말이 되는 소리유? 대명천지 말이 되는 소리냐구유?

그의 입에서 쏟아져 나온 화의 파편들이 내 얼굴 여기저기에 튀었다.

많으나 즉으나 죽은 사람 숫자 가지구 장난치진 말았으야지. 지켜 주지는 못허구 살려내지는 못헐망정. 그 사람덜 워디루 가냔 말여? 그렇게 증발돼, 죽은 자덜 속에두 들어가지 못혔으니…. 내가 그려서 약 안 먹으믄 잠이 안 와유. 내가 그려서 맨정신으루는 살어 있을 수가 읎슈.

그가 중얼중얼 혼잣소리를 하기 시작했다. 그는 감정기복이 심했고, 하나의 감정도 증폭과 감폭의 차이가 컸다.

내가 상이군인회 부여지회장 즘 헐라구 혔슈. 이냥 말허믄 아무두 안 들어주니께 그런 거래두 감투를 쓰면 누가 내 얘기 들어줄라나 싶어서.

그의 절실함을 떠올리며 나는 그의 이야기를 다시 붙들었다. 단편으로라도 그의 이야기를 담아내고 싶었다. 그러나 이야기가 흘러가지 않았다. 뭔가가 빠져 있거나 방향이 잘못됐다는 느낌이 자꾸 발목을 잡았다. 소설이 역사적 사실의 복원이 아닌 바에야 그의 이야기를 그대로 써서는 재미가 없을 것 같다는 생각이 이야기가 앞으로 나아가는 것을 방해하고 있었다.

더는 멈칫거릴 수 없어 나는 그에게 전화를 했다. 그의 이야기를 좀 더 듣다 보면 실마리가 잡힐 것 같아서였다. 그의 아내가 전화를 받았다.

지금 통화 뭇 허셔유.

무슨 일 있으신가요?

중환자실에 기세유. 급혀서 그만 끊을 게유.

나는 그가 왜 입원했는지, 상태가 어떤지 묻고 싶었지만 전화는 벌써 끊겨 있었다. 다시 생각하니 그의 아내는 무슨 일로 잔뜩 화가 나 있는 것 같기도 했다.

내가 여기서 막히면 그의 이야기는 그냥 묻혀 버리는 것인가? 나는 가슴이 답답해졌다. 부채감이 온몸을 짓눌렀다. 그러나 나는 그가 말한 그의 안케를 더 진척시킬 수가 없었다. 시간만 잡아먹고

정의연

작품이 되지 않는 글을 계속 붙들고 있을 수가 없었다.

그가 다시 내게 전화를 했다. 해가 가고 다른 봄이 와서 그런 걸까, 그의 목소리는 메마르고 꺼끌꺼끌했다.

바뻐유? 원제 한번 만나유.

지난겨울 전화 드렸는데 입원하셨다고 해서 다시 연락 못 드렸습니다. 괜찮으세요? 걱정 많이 했는데….

갱기찮어유. 거긴 맨날 들락날락허는디유 머. 그러다가 다시 나올 필요 읎게 되겄쥬 머. 그런 날이 빨리 왔으믄 좋겠슈.

다시 만날 시간을 정했다. 이번에는 꼭 약속을 지키셔야 한다고 다짐을 받았다. 나는 이번 대면에서야말로 내가 써야 할 이야기의 방향과 맥을 확실하게 잡아야 한다고 생각했다.

그럼유. 먼길 오시는디.

그러나 그는 또다시 약속 장소에 나타나지 않았다. 전화도 받지 않았다.

이게 뭘까? 대체 왜 이러는 걸까?

그 사이 그의 신상에 정말로 문제가 생긴 걸까?

그게 아니라면 대체 뭘 어쩌자는 걸까? 나는 그의 행동을 도무지 이해할 수 없었다.

혹시, 이것이 그가 자신의 의사를 표현하는 한 방법일까? 그때서야 나는 다른 방향에서 그의 처사를 생각해 보기 시작했다.

그리고 그때서야 어렴풋이 그의 의도가 잡혔다. 그의 반복된 경우 없어 보이는 행동이 무엇을 뜻하는지, 그가 무슨 말을 하고 있으며 원하는 것이 무엇인지 알 수 있을 것 같았다. 그리고 그가 이런 방식으로 내게 여러 번 채근하고 있었음을 알 수 있었다. 아둔한 내가 알아채지 못했던 것이다.

어쩌면 그의 몸은 그 자신의 말대로 굴속에 갇혀, 50년 동안 동굴 벽에 대못으로 박혀 산 채로 박제되고 있었는지도 모른다. 그는 그 캄캄한 동굴 안에서 살려 달라고 소리치고 있었는지도 모른다. 누구도 그 소리를 듣지 못했거나 듣고도 흘려 버렸는지 모른다.

또 어쩌면 우리 또한 박제된 역사의 화석동굴에 갇힌지도 모르고 갇혀 있었는지 모른다. 그 산 채로 박제된 화석들이 외치는 소리를 귀 닫고 있었는지도 모른다. 화석의 가치를 따지는 데 시간을 쓰거나 화석은 화석일 뿐이라고 화석의 울음소리를 흘려 버렸는지도 모른다.

결국 그의 이야기에 빠진 게 있거나 이야기의 방향을 잡는 문제가 아니라 내가 그의 이야기의 넋을 붙들지 못했던 거였다. 그는 이미 그의 몸으로 소설을 다 썼는데 내가 그것을 받아쓰지 못한 것이었다. 그의 몸이, 그리고 그의 삶이 살아 있는 내 소설이었다.

나는 곧바로 서울행 고속버스를 탔다. 코로나 시대, 승객은 나 혼자였다. 나는 서둘러 노트북을 열었다. 비로소 그의 이야기가 내 안에서 풀려나오기 시작했다. 가끔씩 버스가 덜컹거렸지만 나는 50년 동안 그의 생에 잠겨 있다 이제야 내 몸을 거쳐 쏟아져 나오는, 그가 몸으로 쓴 이야기를 받아 적느라 정신이 없었다.

정의연

버스가 곧 남부터미널에 도착한다는 기사의 안내방송을 듣고서야 나는 창밖을 볼 수 있었다. 빌딩마다 불을 밝혀 큰 소리로 제목소리를 내는 서울의 밤이 차창 밖으로 흘러가고 있었다. 그 창밖과 버스 안 사이, 창 거울에 한 사내가 반딧불처럼 떠 있었다. 안케 전투 당시 전멸한 중대에서 혼자 살아남은 사람, 그렇게 알고 그렇게 믿고 죄책감에 떨고 있는 사람, 50년 동안 자신이 어찌해 볼 수 없는 캄캄한 동굴의 어둠 속에서 죽은 자들의 넋을 온몸으로 살아내고 있는 박동수 씨였다. 내가 만났던 다른 참전자들처럼 그는 아직도 그 전쟁 속 한 귀퉁이에 굴을 파고 들어가 살고 있었다.

　안케는 가짜유. 그짓말유. 말짱 다 헛것이유. 진짜처럼 뵈유? 가짜유. 맨들어낸 거유.

　전우덜 다 쥑인 내가, 이 말 한 마디 헐라구 앰헌 식구덜헌티 그 낯뜨거운 패악질 부리구, 세상사람들헌티 폐 끼치믄서 살어남었나 보네유.

　나는 유리창에 떠 있는 그가 마지막으로 들려주는 이야기를 받아 적고 노트북을 닫았다.

어둠의 탄환

김

혁

국민을 무자비하게 학살하고 총칼로 집권해서 철권을 휘두르다, 퇴임 후에도 수십 년간을 떵떵거리며 살았던 독재자 전두환이 죽었다!

그의 사망 소식을 접한 순간, K는 망연자실하여 들고 있던 찻잔을 바닥에 떨어뜨린 채 한동안 멍하니 서 있었다. 한밤중에 갑자기 전기가 나간 것처럼 머릿속이 까맣게 변해서 아무런 생각도 나지 않았다.

"음…! 그러니까 그가…, 결국은 그렇게…, 끝까지 세상을 우롱하며…, 독재자의 똥폼을 재며 살다가…, 그렇게 갔단 말이지…."

K는 짧은 신음과 함께 혼잣말을 주절주절 계속 내뱉었다.

이윽고 암울했던 그 시절의 이런저런 우중충한 풍경들과 함께, 숱한 추억과 상념들이 머릿속을 어지럽게 오갔다. 비록 대단한 민주투사는 아니었지만, 본의 아니게 모종의 악연으로 깊이 얽혔던 터라 소회가 남다를 수밖에 없었다.

특히 희원이라는 한 여인을 중심으로, 사랑과 우정과 배신과 환멸로 뒤범벅이 되어 모든 것이 비틀리고 왜곡되고 억압당한 채

비굴하게 살아야 했던 초라한 청춘의 울분과 자괴감도 새삼 스멀스멀 올라왔다.

*

그가 희원을 처음 만난 것은 중학교 때였다.

남녀공학인 중학교를 둘은 함께 다녔다. 한 학년이 낮은 희원은 얼굴도 예쁘고 공부도 잘해서 인기가 아주 많았다. 많은 남자애들이 학년을 가리지 않고 친하게 지내려고 주변에서 얼쩡거렸다. 그 또한 희원을 좋아했지만, 말도 붙여 보지 못하고 혼자서 가슴앓이를 했다.

그렇게 중학교를 졸업하고, 각각 다른 고등학교에 진학하면서 자연스럽게 헤어졌다. 하지만 간간이 그녀에 대한 소식은 듣고 있었다. 여전히 공부도 잘하고, 교내 방송반 활동을 열심히 한다는 소식이었다. 그런 얘기를 들을 때마다, 언젠가는 만날 수 있으리라는 막연한 기대에 가슴이 부풀곤 하였다.

그가 희원을 다시 만난 건 대학 때였다. 모 대학 사학과에 입학한 그는 밤낮으로 친구들과 어울려 다니면서 미팅도 하고, 데모도 하고, 시도 때도 없이 술을 퍼마시며 모처럼 해방감을 만끽하였다. 그러던 1년 후, 뜻밖에도 희원이 같은 과 신입생으로 떡하니 들어온 것이었다. 이럴 수가! 그는 자신의 눈을 의심하였지만, 틀림없는 희원이었다.

"야, 정희원!"

신입생 환영회 겸 상견례 자리에서 술잔이 여러 차례 오가고 분위기가 무르익어 갈 즈음, 그는 두근거리는 가슴을 가까스로 억누르며 그녀를 불렀다.

"네?"

희원이 예전의 그 놀란 꽃사슴 같은 눈으로 쳐다보았다.

"너 ○○중학교 나왔지? 나도 너하고 같이 거길 다녔어."

"아…!"

희원은 옛날 일이 생각나는 것 같기도 하고 아닌 것 같기도 한, 애매한 미소를 지었다.

"그럼, 첫사랑을 여기서 다시 만난 거냐?"

"야! 이거 보통 사이가 아닌 것 같은데?"

"그런가 봐. 앞으로 잘 해봐라!"

친구들이 옆에서 두 사람을 짓궂게 놀렸다.

그날 밤, 그는 희원과 단둘이서 밤늦게까지 술을 마셨다. 그리고 술에 취해 옛날얘기를 하며 횡설수설했다. 그런 와중에도 언젠가 그녀를 다시 만나면 해주려고 가슴속에 꼭꼭 담아 두었던 말을 잊지 않고 꺼냈다.

"나 옛날에, 그러니까 중학교 졸업식 날, 무지하게 슬펐었다. 왜 그랬는지 알아?"

"몰라요."

"앞으로 다시는, 이제 다시는, 너를 볼 수 없을 거라는, 바로 그 사실 때문에…."

"네?"

희원이 사슴 같은 눈을 동그랗게 떴다.

"근데 오늘 너무나 뜻밖에도, 너를 이렇게 다시 보게 돼서, 정말 좋다, 야!"

희원은 고개를 약간 숙인 채 한동안 말없이 앉아 있었다. 그러다가 무슨 생각이 들었는지, 갑자기 고개를 들고 그를 똑바로 바라보고는 혼잣말처럼 한마디 했다.

"바보같이…."

그날 이후로 두 사람은 급속도로 가까워져 친하게 지냈다. 시간만 나면 만나서 붙어 지내다시피 했다. 같이 있으면 마냥 좋았다. 그래서 사학과 전체에 소문이 날 정도였다. 함께 등산도 자주 다녔고, 가끔 가까운 곳으로 여행을 다녀오기도 했다.

그렇게 꿈같은 시간이 지나고, 2학기가 끝나갈 무렵 희원이 눈에 띄게 달라지기 시작했다. 평소 하던 말과 행동이 어딘지 모르게 변했고, 이런저런 핑계를 대며 만날 약속도 미루는가 하면, 왠지 거리를 두는 듯한 눈치가 보였다. 처음에는 새로 남자 친구가 생겼나 하고 생각했지만, 꼭 그런 것 같지도 않았다.

무엇보다도 혁명가들의 전기를 즐겨 읽거나, 일제강점기에 활동했던 독립운동가들에게 남다른 관심을 나타냈다. 한번은 뜬금없이 효창공원에 있는 김구 선생 묘소에 참배를 가자고 졸라서 그를 당황하게 하기도 했다. 그런데 사용하는 용어나 지향점이 당시 활동하던 좌파 운동권과 전혀 달라서 더욱 궁금증을 자아냈다.

그런 어느 날, 그는 희원의 간곡한 부탁으로 한 모임에 참가하게 되었다.

"K 동지, 반갑소! 우리 단체에 오신 걸 진심으로 환영합니다!"

모임 장소에 들어서자, 강인한 인상의 사내가 그의 손을 잡고 세게 흔들었다.

"아, 네…."

당황한 그는 대꾸도 제대로 하지 못하고 어리버리하게 굴었다.

"정희원 동지를 통해서 얘기를 많이 들었습니다. 정말 잘 오셨습니다. 우리는 오래전부터 동지 같은 분을 기다려 왔습니다. 앞으로 저희와 함께 힘을 합쳐 가열차게 투쟁합시다!"

사내가 말을 마치자 주위에 둘러선 열 명 남짓의 사람들이 요란하게 박수를 쳤다. 그리고 차례로 그에게 악수를 청하였다. 대부분 남자였는데, 여자도 희원 말고 두 명 더 있었다. 분위기가 꼭 중대한 거사를 앞둔 출정식처럼 비장하였다.

'아하, 이거 내가 잘못 왔구나.' 그는 바로 뛰쳐나가고 싶었지만, 희원을 생각해서 꾹 참았다. 그리고 이어진 토론에서 숱한 얘기들이 오갔지만, 그는 조금도 흥미를 느끼지 못했다. 흥미는커녕 지루하고 따분해서 어서 끝나기만을 기다렸다.

모임이 끝나고 그는 희원과 크게 다투었다.

"이런 못된 것! 나를 그 단체에 끌어들이려고 혈안이 되어 있구나, 응?"

그가 희원을 매섭게 쏘아보았다.

"맞아. 하지만 오빠를 강제로 끌어들일 생각은 없으니까 걱정하지 마."

그녀도 그를 똑바로 바라보며 당차게 말했다.

"근데 왜 하필이면 나를 끌어들이려고 했냐? 내가 그리 만만해 보여?"

"오빠가 평소에 사회정의나 민족정기 같은 얘기를 자주 하길래, 좋아할 줄 알았지."

"그런 문제에 관심을 가지는 거하고, 직접 조직에 몸을 담고 활동하는 거하고는 전혀 차원이 다른 거야."

"뭐? 전혀 차원이 다른 거라고? 난 오빠가 그런 위선자인 줄은 정말 몰랐어."

"위선자라고 욕을 해도 좋아. 난 내 방식대로 그런 문제에 대해 고민하고 대처할 거야. 하지만 그 단체는 아니야. 그리고 너도 빨리 그 단체에서 빠져나와. 내가 볼 때 거긴 너무 위험해. 그리고 너한테 어울리지 않아."

"흥, 거기가 어때서?"

"지금이 일제강점기냐? 도대체 도시락 폭탄이나 요인 암살이 뭐냐? 너무 무식하고 시대착오적인 거 아냐?"

"오빠가 잘 몰라서 그래. 현재 이 땅에서 가장 양심적이고 올바르고 용감한 단체야."

"그래? 와, 이거 정말 놀랄 일이네. 얼마나 세뇌를 당했길래,

김 혁

투사가 다 되셨나?"

"놀리지 마!"

"놀리는 게 아니야. 순진해서 그런 모임에 너무 쉽게 빠져드는 게 아닌가, 걱정돼서 그래."

"사실대로 말하자면, 우리 집은 대대로 독립운동을 해온 집안이야. 그것도 가장 용감한 의열단 계열이야."

"뭐, 의열단?"

"응. 그래서 나도 오래전부터 전사의 꿈을 꾸어 왔어. 이게 순진한 생각이라고? 누가 뭐래도 난 그 단체를 위해 열심히 활동할 거야. 싫으면 오빠나 빠져."

그는 속으로 뜨끔하였다. 그리고 기가 팍 죽었다. 집안에서는 쉬쉬하며 입단속을 했지만, 할아버지가 친일파로 활동한 사실을 그도 익히 알고 있었다. 아버지는 할아버지가 독립운동 쪽에도 비밀리에 관여하셨다는 자료를 억지로 꾸며 가지고 여기저기 다니면서 인정받으려고 부단히도 노력했으나, 아직 별다른 성과가 없었다.

그날 이후로 희원과의 관계가 소원해졌다. 그는 왠지 희원을 보기가 무서웠다. 어떻게든 그녀를 보호해 주고 싶었으나 방법이 없었다. 그리고 뭔가 큰일이 터질 것만 같아서 불안했다. 하지만 희원은 아랑곳하지 않고 조직 활동에 열성이었다. 그리고 조직과 연관된 A라는 선배와 가까이 지내는 것 같았다. 그는 세상을 잃은 듯 허전하고 씁쓸한 심정으로 멀리서 희원과 A를 지켜볼 뿐이었다.

비록 사이가 소원해지기는 했지만, 그는 가끔 희원을 만나 다정하게 안부도 묻고, 근황도 자세하게 얘기하고, 스스럼없이 함께 밥도 먹으며 관계를 이어갔다. 왠지 그래야만 할 것 같았다. 미련 때문만은 아니었다. 보이지 않는 무언가가 두 사람을 강하게 얽어매고 있었는데, 그때는 그걸 미처 몰랐다.

그렇게 일 년여의 시간이 흐른 뒤, 결국 일이 터지고 말았다. 희원이 몸담은 바로 그 조직이 국가원수를 암살하려다가 발각되었다는 충격적인 뉴스가 매스컴을 장식하였다. 심심하면 터져 나오던 공안 사건들과는 차원이 다른 사건이었다.

몇 명은 잡혔지만, 나머지는 모두 잠적했고, 희원도 잠수를 탔다. 수사관들이 잡으려고 혈안이 되었지만, 행방이 묘연했다. 그 또한 그녀와 친하다는 이유로 경찰서에 몇 번이나 불려가서 조사를 받았다. 다행히 공안부 검사인 작은아버지의 도움으로 의심의 눈초리에서 벗어나기는 했지만, 그녀의 행방을 몰라서 속이 새카맣게 탔다.

그는 희원에 대한 걱정으로 밤잠도 제대로 못 이루며 하루하루 지냈다. 어쨌거나 하루빨리 그녀를 만나서 설득하고, 자수를 권유할 생각이었다. 그래서 수업도 빠져 가며 힘닿는 대로 여기저기 수소문하고 다니면서 그녀의 행방을 추적하였다. 하지만 역부족이었다. 사건이 터지기 직전에 감쪽같이 잠적한 뒤로, 몇 달이 지나

김 혁

도록 그녀의 행방은 오리무중이었다. 고민 끝에 그는 공안부 검사로 재직 중인 작은아버지를 찾아가서, 그동안 있었던 얘기를 솔직하게 다 털어놓고 상의를 하였다.

"너 지금 제정신이냐? 그 사건이 얼마나 위험하고 중대한 사건인지 몰라서 그래? 응?"

작은아버지는 대뜸 화부터 냈다. 곧 귀싸대기라도 올려붙일 태세였다.

"자칫 잘못하면 너까지 죄를 뒤집어쓰고 신세 망친다. 그런 못된 계집애하고는 당장 때려치우고, 연을 아예 끊어라."

작은아버지는 계속해서 일장 훈계를 늘어놓았다.

그는 중죄인이라도 되는 것처럼 내내 고개를 푹 숙이고, 대꾸나 항변도 제대로 하지 못하고 있다가 물러나왔다. 씁쓸하고 착잡한 마음으로 집으로 돌아오면서, 그는 매섭게 몰아치는 눈보라 속에서 희원을 생각하며 눈물을 펑펑 흘렸다.

희원이 잠수를 탄 지도 어느덧 석 달이 넘어가고 있었다. 그는 마치 자신도 함께 잠수를 타고 있는 듯 불안하고 초조하고 힘든 시간을 보냈다. 학교 공부도 동아리 활동도 무엇 하나 손에 잡히지 않았다. 그해 따라 혹독한 추위가 일찍 엄습하였다. 추운 밤거리를 헤매고 다닐 희원 생각을 하면 밤에 잠도 잘 오지 않았다.

그러던 어느 날이었다. 그날도 그는 암담한 절망감에 빠져서, 정신줄을 놓은 채 집을 향해 터벅터벅 걷고 있었다. 짧은 겨울 해는 벌써 넘어가고, 바람은 차고, 사방이 어둑어둑했다. 거리에서는 자동차가 헤드라이트를 켜고 요란하게 질주하고, 네온사인 불들이 막 들어오고 있었다.

"저, 실례지만, 담뱃불 좀 빌립시다!"

그가 골목으로 접어들어 집에 거의 다 이르렀을 때, 웬 초라한 행색의 젊은이가 재빨리 다가와서 두 손을 맞비비며 말을 걸었다.

"아, 네."

그는 무심코 호주머니를 뒤져 일회용 라이터를 꺼내 건네주었다. 그때 낮고 빠른 목소리가 비수처럼 귀에 꽂혔다.

"오빠, 나야!"

순간, 놀라움과 반가움과 당혹감이 한덩어리가 되어 그의 심장을 세게 쳤다. 반사적으로 쳐다보니, 어설프게 변장을 했지만 틀림없는 희원이었다.

"아니, 너…!"

그는 하마터면 크게 소리를 지를 뻔했으나 가까스로 참았다. 그리고 재빨리 주위를 둘러보았다. 다행히 근처에는 아무도 없는 것 같았다.

"오빠, 뒤를 미행하는 사람은 없었지?"

"응. 근데 이게 도대체 어떻게 된 일이야?"

"여기서 긴말을 할 수는 없고, 지금 나 형사들한테 쫓기고 있어. 오빠 집에 좀 숨겨 줘. 더 이상 도망갈 곳이 없어."

예상치 못한 돌발 상황에 그는 몹시 당황했다. 하지만 조금도

김 혁

망설이지 않고 희원을 데리고 황급히 대문으로 다가갔다. 초인종을 누르고 응답을 기다리는 몇 초 동안, 누군가가 느닷없이 나타나서 그녀를 낚아챌까 봐 심장이 멎을 것 같았다. 이윽고 '딸깍!' 하는 소리와 함께 대문이 열리고, 두 사람은 바람처럼 집안으로 들어갔다.

다행히 집에는 가정부 아주머니밖에 없었다. 그는 아주머니에게 친한 친구인데 딱한 사정이 있어서 며칠 머물 예정이니 다른 가족들에게는 절대 비밀로 해달라고 신신당부를 한 뒤, 희원을 데리고 2층으로 올라갔다. 그리고 자기 방 옆에 있는 조그만 허드레 방을 치우고 거기 머물게 했다. 2층은 주로 그가 사용했으므로 안심할 수 있었다.

그날부터 두 사람의 비밀스럽고도 불안한 동거가 시작되었다. 그동안의 도피 생활이 얼마나 고단했는지, 그녀는 잠시 일어나서 밥 먹고 화장실 가는 시간을 제외하고는 3일간 내리 쓰러져 잠만 잤다. 머리를 짧게 깎은 데다 남자 옷을 어색하게 입은 모습이 꼭 소년원을 탈출한 철부지 아이 같아서 슬며시 웃음이 나오기도 했다.

며칠 후, 희원이 기력을 되찾자 그는 그녀와 밤을 새워 가며 많은 이야기를 나누었다.

"잘 생각해. 지금 이 상황에서 자수만이 유일한 해결책이야."

"……."

"언제까지 이렇게 사냥감처럼 쫓기면서 지낼 수는 없어. 그리고 여기도 오래 머물 수는 없어. 우리 아버지가 아시는 날에는 난리가 날 거야."

"나도 알아. 하지만 조금만 더 시간을 줘. 지금은 아니야."

"벌써 3개월이 지났어. 그리고 시간이 지나면 지날수록 그만큼 너한테 불리해."

"그렇긴 하지만 아직은 자수할 때가 아니야."

"너 혹시, 지금도 그 조직의 명령에 따라 움직이고 있는 거니, 응?"

"그런 게 아니야. 이런 상황에서 내가 어떻게 연락을 취하겠어? 다만…."

"다만 뭐야?"

"지금 내가 자수를 하면, 우리 조직에 너무나 큰 피해를 입힐 것 같아서 그래."

"이런 등신. 죽느냐 사느냐 하는 마당에 조직 걱정을 해?"

"오빠는 내 마음을 몰라. 조직은 목숨보다도 더 소중해. 그리고 조직을 배신하면 난 살아도 더 이상 살아 있는 게 아니야. 죽은 목숨이야."

"그래? 이제 보니 배신자는 끝까지 따라가서 처단하는 아주 무서운 곳이구나?"

"그런 게 아니라, 내가 내 자신을 도저히 용서하지 못한단 얘기야."

"……."

"이건 인간으로서 지닐 수 있는 최소한의 양심 문제야."

김 혁

"그래 늬 말이 맞아. 하지만 사상과 양심도 다 사람을 살리자고 있는 거야. 그런데 이렇게 사람을 고통에 빠뜨리고, 죽게 만드는 게 말이나 돼?"

"오빠가 날 아무리 비난하고 욕을 해도 좋아. 하지만 우리 조직은 절대 욕하지 마. 앞으로 계속 욕하고 놀린다면, 오빠라도 난 절대 용서할 수 없어."

그녀는 종주먹을 쥐고 결연한 표정으로 말했다. 그는 그녀의 서슬에 놀라서 더 이상 아무 말도 할 수 없었다.

비록 쫓기고 있는 신세이기는 하지만, 희원이 곁에 있다는 사실만으로도 그는 안심이 되고 좋았다. 마치 사냥꾼에게 쫓기다가 그의 품안으로 뛰어들어온 가엾고 예쁜 한 마리 사슴을 돌보고 있는 것 같았다. 하지만 그녀의 앞날을 생각하면 마음이 더욱 무거워졌다.

한번은 음악을 듣다가 함께 목놓아 통곡한 적도 있었다. 잘 알려져 있지는 않지만 혁명의 열렬한 지지자였던 슈베르트의 〈백조의 노래〉에 나오는 '전사의 예감'이라는 노래였다. 희원은 평소에 클래식 음악이라면 부르조아 냄새가 난다면서 질색을 했지만, 그 노래만은 무척 좋아했다.

내 곁에 있던 동지들은 깊이 잠들었네
내 마음은 두려워지네
내 마음은 그리움에 지쳐가고 있네

나는 잠에 빠져들어 달콤한 꿈을 꾼다네

그녀의 따뜻한 가슴이

내 품에 안기는 꿈을-

그 달콤한 꿈을 나는 꾸어 본다네

아! 그러나 여기엔 어두운 불빛과 무기만 있다네

내 마음 외로워지네

슬픔의 눈물이 흐르네

위로받는 길 오직 하나뿐이네!

전쟁터로 가자! 깊이 잠들러-

사랑하는 임이여, 잘 자오!

오! 위로받는 길 오직 하나뿐이네

전쟁터로 가세!

깊이 잠들러-

사랑하는 임이여, 잘 자오!

사랑하는 임이여, 잘 자오!

　　노래를 다 듣고 난 희원은 눈물을 닦으며, 그녀가 평소 즐겨 부르던 〈개여울〉 노래를 조용히 불렀다. 그렇게 희원과 함께 지낸 지 일주일쯤 지난 어느 날 밤이었다.

　　"오빠, 뭐 하나 부탁 좀 해도 돼?"

　　그날따라 유난히 다소곳한 표정으로 희원이 어렵게 입을 열었다.

김 혁

"뭔데 그래? 말해 봐."

그도 심상치 않은 분위기를 느끼고는 내심 긴장하였다.

"저, 그러니까 그게, 오래전부터 생각해 온 건데, 오빠가 어떻게 생각할지 몰라서…."

"무슨 일인데 그리 어렵게 말을 해? 뭐든지 다 얘기해 봐, 괜찮아."

"여기가 아무리 안전하다 해도 이런 상태가 그리 오래가지는 않을 거라는 걸 나도 잘 알아. 그래서 내가 잡혀가기 전에 꼭 하고 싶은 게 하나 있어."

"……."

"다름이 아니고, 오늘 오빠하고 여기서 결혼식을 올리고 싶어."

"엉? 결혼식?"

그는 커다란 망치로 뒤통수를 세게 얻어맞은 것 같았다.

"응. 우리 둘만의 비밀스러운 결혼식. … 많이 놀랐지?"

희원이 그를 빤히 바라보며 놀리듯이 배시시 웃었다.

"그, 그래…."

"나 무지 엉뚱하지? 하지만 수없이 생각한 끝에 말하는 거야."

"그랬니?"

"응. 실제로 나중에 오빠하고 결혼할 수 있다면 너무 좋겠지만, 그건 아마 불가능할 거야."

"왜?"

"이제 우리 앞날은 누구도 예측할 수 없어. 그리고 오빠와 나는

생각도 많이 다르고, 자라온 환경도 많이 다르고, 무엇보다도 오빠
는 나 같은 여자하고 어울리지 않아."

"늬가 어때서?"

"잘 알잖아. 지금도 이런데 앞으로는 문제가 더욱 심각할 거야."

"그렇게 잘 알면서 비밀결혼식을 하자는 건 또 뭐야?"

"이렇게라도 하지 않으면, 오빠하고 영영 맺어질 수 없을 거 같
아서…."

"……."

"비록 정식 결혼은 아니지만, 언제까지고 가슴속에 소중한
추억으로 간직하고 싶어. 그래서 앞으로 어떤 고난과 시련이 닥치
더라도, 설령 죽음이 다가온다고 해도, 난 그 추억의 힘으로 당당
하게 그리고 기쁘게 이겨내고 싶어."

희원이 마치 순교자라도 되는 양 의연하게 말했다.

"꼭 그래야만 하겠니?"

"응."

"그런데… A는 어쩌고?"

"그 오빠하고 친하게 지낸 건 맞지만, 결혼은 아니야. 결혼은
오빠하고 하고 싶어."

"그 말 진심이야?"

"응. 정말이야."

"그래, 좋아! 대신 나도 조건이 하나 있어."

그가 한참 동안 고개를 숙이고 생각한 끝에 말했다.

김 혁

"그게 뭔데?"

"내 말대로, 내일이라도 빨리 경찰서에 찾아가서 자수해."

"알았어. 그렇게 할게. 하지만 며칠만 더 시간을 줘."

"너 분명히 약속했다?"

"응."

마침내 두 사람은 비밀리에 결혼식을 올리기로 했다.

준비는 간단했다. 그는 부랴부랴 밖으로 나가서 꽃과 케이크와 샴페인을 몰래 사가지고 들어왔다. 그 사이에 희원은 간단하게 화장을 하고, 배낭 속에 꼭꼭 감추고 다녔던 하얀 원피스를 꺼내 입었다. 오래전부터 준비를 해온 듯 원피스가 잘 어울렸다. 그리고 짧은 머리 위에 작은 장미 꽃다발을 씌워 주자, 그런대로 진짜 신부 같은 분위기가 풍겼다. 그도 특별한 날에만 입는 깨끗한 정장으로 갈아입었다.

이윽고 케이크에 불을 붙이고, 두 사람은 마주 서서 두 손을 꼭 잡았다. 순간 뭔가 뭉클한 것이 가슴 밑바닥에서 치밀고 올라왔다.

"나는 오늘 그대를 신부로 맞이합니다."

그가 희원의 눈동자를 들여다보며 떨리는 목소리로 말했다.

"나는 오늘 그대를 신랑으로 맞이합니다."

그녀도 떨리는 목소리로 화답했다. 몸도 많이 떠는 것 같았다.

"아무리 힘든 일이 있어도, 언제까지나 그대를 사랑하겠습니다."

"어떤 고난이 닥쳐온다 해도, 그대를 향한 사랑을 멈추지 않겠습니다."

"비록 초라한 비밀 결혼식이지만, 서약을 영원히 가슴속에 간직하겠습니다."

"비록 초라한 비밀 결혼식이지만, 언젠가는 꼭 하나가 될 것을 소망합….."

희원이 미처 말을 끝마치지 못하고, 서럽게 흐느껴 울면서 그의 품으로 무너져 내렸다.

그는 그녀를 꼭 껴안고, 조심스럽게 타들어 가고 있는 촛불을 바라보았다. 가슴의 떨림과 흐느낌을 통해, 그녀의 고통과 절망 그리고 소망이 고스란히 그의 가슴속으로 전달되어 왔다. 그는 언제까지고 그렇게 있고 싶었다.

그날 밤, 두 사람은 그의 방에서 처음으로 함께 잤다. 그리고 사시나무 떨듯 떨리는 몸과 마음으로 서로의 모든 것을 아낌없이 주고받았다.

"오빠, 우리 이러고 있으니까 꼭 진짜 신혼부부 같다. 그치?"

희원이 그와 나란히 누워서 수줍게 말했다.

"응, 후후후!"

그도 멋쩍게 웃으며 돌아보았다.

"나중에 진짜 부부가 되면 얼마나 좋을까? 아침마다 난 오빠를 위해 일찍 일어나서 밥하고 된장찌개도 맛있게 끓이고, 열심히 일하느라 땀흘린 와이셔츠도 깨끗하게 빨고….."

"글쎄… 그렇게 되면 보나마나 부부싸움도 엄청 많이 하겠지?"

"부부싸움? 정말로 그렇게 생각하는 거야?"

김 혁

"응."

"왜?"

"늬가 말한 대로, 우린 여러 가지로 너무 다르니까."

"바보, 그게 아니야, 그게 아니야, 그게 아니야…."

희원은 이 말을 계속 되풀이하다가 잠이 들었다.

다음날, 결국 올 것이 오고야 말았다. 가정부 아주머니가 2층으로 몰래 식사를 나르는 걸 목격하고 이를 수상하게 여긴 그의 아버지가 그녀를 추궁한 끝에, 희원이 집에 숨어 있는 걸 알게 된 것이다. 그리고 곧바로 공안 검사인 동생에게 신고를 하였다. 그가 급한 일로 외출하고 돌아와 보니, 희원은 이미 특수부에서 급파한 수사대에 잡혀간 뒤였다.

희원은 급습한 수사관들에게 옷도 제대로 챙겨 입지 못하고 끌려갔다. 어느 정도 예상은 하고 있었지만, 막상 닥치자 그는 세상이 무너진 듯 눈앞이 캄캄하였다. 그 또한 중요 수배자를 은닉한 죄로 크게 처벌받을 위기에 처했으나, 작은아버지의 영향력 덕분에 겨우 모면하였다. 그는 방안에 틀어박혀 며칠간 식음을 전폐하였다. 그녀가 잡혀간 것이 꼭 자기 잘못인 것 같아서 몹시 괴로웠다. 그리고 어릴 적부터 쌓인 아버지에 대한 환멸이 구체적인 형태를 갖추기 시작하였다.

'언제나 돈과 이권만 좇는 추악한 아버지, 그런 아버지가 평생 제왕처럼 군림하고 있는 이놈의 집구석을 하루빨리 떠나야지….'

폭발 직전까지 치달은 아버지에 대한 증오와 함께, 그녀와 지냈던 짧고도 행복했던 시간들이 수시로 떠올라서 미칠 것만 같았다.

몇 날 며칠을 고민한 끝에, 그는 또다시 작은아버지를 찾아갔다. 청사 건물 안으로 들어가는 것이 도살장에 끌려가는 것보다도 싫었지만 어쩔 도리가 없었다. 아무리 심한 질책과 꾸지람을 듣더라도 감수하고, 용서와 도움을 구하는 것만이 그가 할 수 있는 유일한 길이었다.

"자세히 조사해 보시면 알겠지만, 희원이 걔는 어리고 순진해서 아무것도 몰라요. 그 조직에 잘못 들어가서 세뇌당하고 이용당한 거예요. 정말이에요. 희원이는 아무 죄가 없어요."

그는 떨리는 목소리로 자신이 죄를 지은 것처럼 머리를 깊이 조아렸다.

"이 한심하고 미욱한 놈아! 아직도 그년에 대한 미련을 못 버렸냐, 응? 천하에 못난 놈 같으니라고, 쯧쯧!"

예상대로 작은아버지는 그가 말을 꺼내자마자 대뜸 호통을 치며 역정부터 냈다.

"희원이는 그런 무시무시한 죄를 뒤집어쓸 만큼 잘못을 저지르지 않았어요. 그 조직에서 단순히 심부름하는 하수인에 지나지 않아요."

"그거야 조사해 보면 다 나오게 돼 있으니까, 주제넘게 변호하려고 들지 마라. 근데 왜 그렇게 잠수를 탔대? 그년 잡으려고 얼마나 힘이 들었는 줄 알아?"

김 혁

"워낙 겁이 많고 또 세상물정을 몰라서 그랬을 거예요."

"뭐? 겁이 많고 세상물정을 몰라? 허허, 참!"

작은아버지는 급하게 담뱃불을 붙였다.

"수사관들한테 얘길 들어 보니까, 도피 수법이 완전히 선수들 뺨치더라. 은신처에 대한 정보를 정확하게 입수한 베테랑 수사관들이 벼락처럼 덮쳤지만, 그때마다 어떻게 알았는지 귀신같이 빠져나가는 바람에 번번이 허탕을 쳤다는 게야. 그리고 얼마나 대담하고 뻔뻔하면 그래 너희 집에 숨을 생각을 다 했겠냐, 응?"

"그, 그런 게 아니라 제가 끌어들였어요."

"뭐? 네가 끌어들였어?"

"… 네."

"허허! 이런 한심한 놈을 봤나! 내가 너한테 그렇게 타이르고 경고를 했건만…."

작은아버지는 화가 치밀어서 얼굴이 시뻘겋게 변했다. 그리고 더 이상 말을 잇지 못하고, 연신 담배만 피워 댔다.

"죽을죄를 지었습니다. 제발 용서해 주세요."

그는 기어들어가는 목소리로 빌고 또 빌었다.

"이미 엎질러진 물이다. 그러니 깨끗하게 단념해라. 너도 알다시피 이건 누가 용서하고 말고 할 그런 차원의 문제가 아니야. 워낙 중대한 사건이고, 또 위에서도 엄청 관심을 기울이는 사건이라서 나도 어찌해 볼 도리가 없다. 그리고 너, 지금부터 내가 하는 말을 똑똑히 들어라!"

작은아버지의 엄한 얼굴이 더욱 무섭게 변했다.

"네…."

그는 더욱 긴장하며 몸을 움츠렸다.

"너한테만 미리 귀띔해 주는 거다만, 그년은 빨갱이보다 훨씬 더 위험하고 과격한 아나키스트야! 알겠어?"

"네? 그, 그게 무슨 말씀이신지…."

"아나키스트 몰라? 정부를 원천적으로 부정하고, 법과 질서를 철저히 무시하고, 결국엔 혼란을 틈타 나라를 송두리째 뒤집어 엎으려는, 그런 무시무시한 무정부주의자란 말이다!"

"그, 그럴 리가요…."

"나도 확인했는데, 사실이다. 그년이 가담한 조직이 북한을 추종하는 단순한 좌익 단체인 줄로만 알았더니, 그보다 훨씬 더 위험하고 악질적인 조직임이 드러났단 말이다. 그런 놈들은 영영 우리 사회에서 격리시켜야 해. 그러니 너도 이참에 제발 정신 좀 차리고, 그년하고 깨끗하게 정리해라. 알겠냐?"

"… 알겠습니다. 그래도 조사 과정에서 너무 힘들지 않도록 선처를 부탁드립니다."

"허허, 그거참! … 내가 다른 건 도와줄 수 없고, 자진해서 자수한 걸로 처리를 해주마. 그럼 나중에 형량이 조금이나마 줄어들 거야. 그리고 다시는 이 문제로 날 찾아오지 마라."

시계를 보며 황급히 일어서는 작은아버지한테 그는 깊이 고개를 조아리고 물러나왔다.

김 혁

희원은 재판에서 10년형을 선고받고 독방에 갇혔다. 주모자가 아니어서 형량이 가벼울 것으로 기대했으나, 예상과 달리 중형이어서 그녀를 아는 사람들은 다들 절망에 빠졌다. 그도 눈앞이 캄캄했다. 한창 피어날 꽃다운 나이에 10년씩이나 감옥에 갇혀 있어야 하다니, 그건 너무 가혹한 형벌이었다.

그는 희원의 선배인 A와 번갈아 가며 시간이 날 때마다 교도소로 찾아가서 면회도 하고, 필요한 것들을 넣어 주는 등 옥바라지를 열심히 했다. 두 사람은 면회를 갈 때마다 희원의 마음을 잡기위해 은근히 신경을 쓰는 등 보이지 않는 경쟁을 하였다. 하지만 그녀의 반응은 늘 똑같았다.

"난 여기서 앞으로 10년이나 썩어야 할 몸이야. 어쩌면 그 안에 여기서 죽을지도 모르고…. 그러니 오빠도 A 선배도 이제 제발 나를 잊어 줘…."

A는 희원과 긴밀한 사이였지만, 전두환 암살미수 사건과는 구체적인 연관이 없다는 주장이 받아들여져서 겨우 구속을 면했다. 전에 여러 번 만난 적이 있어서 그도 A를 잘 알고 있었다. 단순한 선후배를 떠나 희원을 끔찍이 아끼는 게 눈에 뜨일 정도여서, 그는 A를 만날 때마다 질투심과 동지애가 뒤섞인 묘한 감정을 느끼곤 했다. 일종의 연적 관계인 셈이었다.

그는 대학 졸업과 동시에 군대에 갔다. 그가 전방의 철책선 지키는 부대에서 군복무를 하고 있을 동안에는 A 혼자서 옥바라지를 계속하였다. 희원은 그 힘들다는 독방 생활을 비교적 잘 견뎌

냈다. 그리고 꼬박 3년을 보낸 뒤, 재벌들이 특별사면으로 풀려날 때 함께 묻어서 가석방으로 출소하였다.

희원이 출소한 얼마 뒤에 그도 군에서 제대하였다. 그래서 세 사람은 예전처럼 자연스럽게 어울리게 되었다. 오랜만에 맞이하는 나름대로 평화롭고 행복한 시간들이었다. 비록 많은 것들이 어긋나고 뒤틀리기는 했지만, 이미 남다른 동지애로 똘똘 뭉친 그들은 차츰 예전의 우애를 되찾았다. 그리고 세 사람이 힘을 합쳐 실패한 거사를 다시 비밀리에 추진하기로 합의하였다. 이제 세 사람은 떼려야 뗄 수 없는 사이가 되고 말았다. 그 강한 결속력 앞에서 연적 관계라는 미묘한 감정도 그냥 묻혀 버리고 말았다.

그럴수록 그의 가슴속에서는 아지랑이 같은 슬픔과 함께 면도날처럼 날카로운 불안감이 조금씩 커져만 갔다. 몇 년 전에 희원과 비밀 결혼식을 올린 사이기는 했지만, 이제 와서 그걸 내세우며 특별한 관계를 요구하는 것도 부끄러운 일이었다. 그렇다고 언제까지 이렇게 태평한 척하며 지낼 수는 없는 노릇이었다. 그건 A도 마찬가지였다. 오랜 동지에서 이제는 더욱 열렬한 관계로 발전한 이상 어떤 식으로든 관계를 정리해야 할 입장이었다.

그러던 어느 날, 세 사람은 가까운 교외로 나들이를 갔다. 그리고 강가의 커다란 미루나무 그늘에 자리를 잡고 앉아서 시원하게 맥주를 마시며, 고삐 풀린 신자유주의 하에서 인간의 영혼이 얼마나 비참하게 자본에 잠식당하고 있는가, 그리고 앞으로 각자 어떻게 살 것인가 등에 대해 진지하게 토의를 하였다. 하지만 서로

김 혁

를 향한 속마음을 감춘 채 엉뚱한 말만 늘어놓는 바람에 얘기가 계속 겉돌았다.

"오빠, 그리고 선배! 내가 지난 3년간 빵에서 깊이 깨달은 게 하나 있어."

토의가 한창 무르익을 무렵, 희원이 문득 그와 A를 번갈아 보며 심각하게 말했다.

"뭔데?"

"그게 그러니까, 두 사람이 이해하기가 좀 많이 힘들지도 모를 거 같아서…."

희원이 난처한 표정으로 망설이며 말끝을 흐렸다.

"뭔데 우리의 혁명전사께서 이리 뜸을 잔뜩 들이시나?"

"그렇게 뜸을 너무 들이다가는 밥이 타는 수가 있어."

두 사람은 한목소리로 이죽거렸다.

"사실 말하기가 심히 난처한 내용이긴 한데, 아이참, 이를 어찌하면 좋을까…."

희원이 계속 두 사람의 눈치를 보며 말을 아꼈다.

"허허, 빵에서 드디어 인류의 빵 문제를 해결할 근본적인 대책이라도 깨달았냐?"

"아니면 선승들처럼 참선하며 화두라도 크게 깨쳤다는 거니?"

두 사람은 재미있다는 듯이 희원을 가볍게 놀렸다.

"쳇! 난 심각해서 가슴이 타들어 가는데, 왜들 이러실까? 좋아, 말할게!"

"그래, 빨리 말해."

"난 오빠와 선배를 똑같이 좋아하고, 또 똑같이 사랑해!"

"……."

"그래서 앞으로 한집에서 사이좋게 같이 살고 싶어!"

희원이 반쯤 취한 눈을 빛내며 말했다.

"그, 그럼 셋이서 동거하자는 그런 얘기야…?"

"응!"

"아, 아니, 그게…."

두 사람은 놀라서 더 이상 말을 잇지 못했다.

"근데 동거가 아니라, 결혼을 하고 싶어. 우리 셋이서."

"그, 그게 진심이야?"

"응, 진심이야!"

희원이 배시시 웃으면서 고개를 단호하게 끄덕였다.

한동안 세 사람 사이에 긴장과 당혹과 흥분과 어색함으로 헝클어진 침묵이 흘렀다.

그와 A의 가슴속에서는 깊은 공감과 안타까움, 그리고 왠지 모를 배신의 소용돌이가 마구 휘몰아쳤다. 특히 평소 신경이 예민하고 예술가적 기질이 강한 A는 커다란 충격을 받았는지, 핼쑥해진 얼굴에 식은땀을 흘리며 숨을 헐떡였다.

그 누구도 쉽게 입을 열지 못했다. 그는 유유히 흘러가는 강물을 바라보며 애꿎은 맥주만 자꾸 마셨다. 희원과 함께했던 지난날의 온갖 추억들이 머리를 스치고 지나갔다. 겨우 마음을 추스린

김 혁

A도 옆에서 맥주를 연거푸 들이켜며 하릴없이 돌멩이만 강으로 던졌다. 두 사람의 마음을 아는지 모르는지 희원은 허리를 꼿꼿이 펴고 앉아서, 조용히 눈을 감고 명상이라도 하는 듯한 자세로 침묵을 지키고 있었다.

"야, 정희원!"

마침내 참지 못한 그가 입을 열었다.

"이런 식으로 전격 도발을 하다니, 정말 너답게 화끈하구나!"

"도발이 아니라, 이건 뭐 완전 용감무쌍한 혁명적 프러포즈네!"

마음의 여유를 되찾은 A도 덩달아 동조를 했다.

"빵에서 순전히 이상한 것만 배워 가지고 나온 거 아냐?"

"그 학교에서 가르친다고 그대로 따라했다간 큰코다치는 수가 있지, 히히!"

"근데 우리가 먼저 프러포즈를 했어야 했는데, 이거 순서가 완전히 거꾸로 됐네. 허허허!"

"그러게 말이야."

"아니, 그럼 K 형도 프러포즈할 생각이 있었단 얘기?"

"꼭 그런 건 아니지만, 말하자면 그럴 수도 있다는, 그런 얘기지…. 그러는 A 형은?"

"나도 뭐, 생각을 전혀 하지 않은 건 아니지만, 그렇다고 확실하게 그런 건 또 아니고…."

말을 빙빙 돌리던 두 사람은 서로 얼굴을 쳐다보며 멋쩍게 웃었다.

"그래서 시방 좋단 얘기야? 싫단 얘기야?"

두 사람의 말을 조용히 듣고 있던 희원이 눈을 번쩍 뜨고 쏘아보며 말했다.

"아니, 여자가 먼저 이렇게 프러포즈를 하게 해놓고도 모자라서, 이 사내들이 시방 비겁하게 뭐하자는 거야, 응?"

"너무 갑작스러운 제안이라, 머릿속이 복잡하고 혼란스러워서 그만…."

그가 변명을 하며 말꼬리를 흐렸다.

"그래. 사실 이게 즉석에서 받아들일 만큼 그렇게 간단한 문제는 아니지."

A도 슬슬 희원의 눈치를 보며 발뺌을 하였다.

"싫으면 관둬! 올 오아 낫씽이야!"

"올 오아 낫씽?"

"응. 난 두 사람과 결혼하거나, 아니면 아무하고도 안 할 거야."

"허허, 나 이거야 원…."

"야, 희원이 늬 말대로 하면 일처다부제가 되는 거 아냐?"

"그런 셈이네, 호호호!"

당혹스러워하는 두 사람과는 달리 희원은 시종일관 유쾌하고 여유 있는 모습이었다.

"티베트나 중국, 몽골 오지에는 아직도 일처다부제가 남아 있다던데…."

그가 흥미로운 표정을 지으며 말했다.

김 혁

"하지만 서울 한복판에서 그게 가능할까?"

소심한 A는 벌써부터 무척 걱정이 되는 모양이었다.

"서울 같은 오지가 세상에 어디 있다고 그래. 옆집 사람이 죽어도, 몇 달이 지나도록 아무도 모르는 곳이 서울이야. 안 그래?"

"그건 그렇지만…."

"어쨌거나 지금 이 자리에서 결정할 일은 아니니까, 다음에 만나서 충분히 상의하자고."

"그래, 그래."

그날 이후, 세 사람은 여러 차례 만나서 본격적인 상의에 들어갔다.

하지만 워낙 상식과 관습을 뛰어넘는 파격적인 실험인 만큼 합의에 이르기가 결코 쉽지 않았다. 그들은 숱한 격론 끝에 몇 가지 큰 원칙과 함께 세부사항들을 정했다. 그런 뒤에 희원의 제안을 흔쾌히 받아들이기로 하였다. 다만 현행법상 3인의 결혼은 불가능하기 때문에, 공식적인 결혼 대신에 마음 편하게 동거를 하는 것으로 결론을 내렸다. 이렇게 해서 세 사람은 한 집에서 같이 살게 되었다.

"허허! 이거 공산주의가 따로 없구먼, 그래."

함께 살기로 한 첫날, 그가 몇 가지 원칙을 벽에다 크게 써붙이며 농담을 했다.

"공산주의보다 더 뛰어나지."

A가 의미심장한 목소리로 대꾸를 하였다.

"어째서?"

"공산주의는 억압적이고 획일적이었지만, 우리는 완전히 자유롭고 자발적이고 사랑에 기초한 계약이니까."

"공산주의가 꼭 그런 것만은 아니지. 나름대로 역사에 크게 기여한 거 잘 알잖아."

"사회주의 국가들이 왜 망했는지 잘 알면서 그래?"

"어쨌거나 우리는 실패하지 말아야 할 텐데, 기대 반 걱정 반이야."

"일단 이렇게 하나로 합친 것만으로도 성공이라면 성공이야."

"그보단 앞으로 거사를 성공시키기 위해 얼마만큼 치열하게 사느냐가 더 중요하지."

"그리고 성공이냐 실패냐를 판단할 기준도 애매해. 뭐가 성공이고, 뭐가 실패일까?"

"적어도 돈과 조건 중심으로 이루어지고 있는 현재의 커플들보다는 훨씬 나을 거라고 믿어."

"그건 그렇지. 하지만 우리의 비교 상대는 미래의 자유롭고 창의적인 커플들이지, 현재의 문제투성이 커플들이 아니야."

"그건 그래."

"K 오빠! 그리고 A 선배!"

조용히 듣고 있던 희원이 입을 열었다.

"나는 인류 역사의 영원한 숙제인 자본주의와 공산주의의 모순과 문제점을 해결할 답이 모계사회 안에 들어 있다고 생각해."

김 혁

희원의 엉뚱한 애기가 두 사람의 가벼운 논쟁을 멈추게 했다.

"우와, 어째서 그런 거창하고도 뜬금없는 생각을 했니?"

"이것도 빵에서 홀로 치열하게 참선하며 깨달은 거야?"

두 사람은 짐짓 놀란 체하며 그녀를 치켜세웠다.

"자본주의와 공산주의의 핵심이 뭐야? 자유와 평등 아니야?"

"한마디로 말하자면 그렇다고 할 수 있지."

"자유와 평등은 늘 충돌하기 마련인데, 모계사회에서는 그런 충돌이 있을 수가 없어."

"어째서?"

"어머니가 아이 양육과 경제 등 가정 내의 모든 걸 주도하고, 아버지는 함께 살지 않고 연인이자 손님이자 일꾼으로 드나들며 가족과 자연스럽게 어울리면서 집안일을 돕기 때문에, 식구들 간에 자유와 평등과 사랑이 하나로 자연스럽게 이어진대. 그리고 남자는 나이가 들어서도 어머니하고 함께 산대."

"헐, 대박! 정말 그렇다면 여자들은 참 좋겠다!"

"여자뿐이야? 남자들도 평생 가족을 먹여 살리지 않아서 좋겠구만."

"우리도 그런 공동체를 한번 멋지게 만들어 볼까?"

"안 돼! 우린 그럴 수 없어!"

희원이 단호하게 두 사람의 말을 잘랐다.

"이미 같이 살기로 해놓고서, 왜 안 된다는 거야?"

그가 따지듯이 물었다.

"모계사회와 일처다부제는 엄연히 다른 거야."

"같은 건 줄 알았더니, 어떻게 달라?"

"모계사회에서는 남녀가 정식으로 혼인하기 전에는 아무런 제약 없이 자유롭게 연애를 하지만, 일단 배우자가 결정되면 다른 사람은 절대 상대하지 않는대. 나름대로 엄격하게 질서를 지키는 거지. 그리고 살다가 남자가 마음에 들지 않거나, 특히 의무를 충실하게 이행하지 않으면 바꿔치기를 한대."

"허허, 알고 보니 남자에게 무척 불리한 제도네."

"그리고 쫓겨나지 않으려면 남자가 무척 노력을 해야겠네."

"당연하지. 여자가 중심인 모계사회니까, 호호호!"

희원이 신이 난 듯 깔깔거리고 웃었다.

"저, 그런데, 오늘이, 그러니까, 첫날밤인데…."

A가 무척 조심스럽게 말을 꺼냈다.

"참, 그렇지. 흠흠!"

그가 이제야 생각났다는 듯이 시치미를 떼고 헛기침을 하였다.

"그래서? 내가 누구하고 잘 거냐고?"

희원이 장난스럽게 물었다.

"응!"

두 남자가 동시에 대답을 하였다.

"호호호! 그게 그리 궁금해?"

"당근 궁금하지."

"기다리고 기다리던 첫날밤인데…."

김 혁

"오빠! 그리고 A 선배! 잠자리는 1주일씩 교대하기로 이미 합의했으니까 그렇게 하기로 하고, 오늘 밤만은 특별하니까 다 같이 자자."

희원이 두 남자를 바라보며 태연하게 제안을 했다.

"허걱!"

"대박!"

두 남자는 너무 당황해서 말을 제대로 잇지 못했다.

"뭘 그렇게들 놀라세요? 이제 우린 부부잖아, 안 그래?"

"그, 그렇긴 하지만…."

"아무리 그래도, 그건 좀 심하지 않을까…."

"괜찮아, 괜찮아. 그냥 내가 하자는 대로만 하면 돼요, 응?"

"……."

"자, 자, 어서!"

희원이 재촉을 하며 먼저 옷을 홀홀 벗었다.

결국 세 사람은 벌거벗은 채로 하나가 되어 뒹굴었다. 어색함도 잠시였다. 한창 피가 뜨거운 데다 애욕에 목마른 젊고 싱싱한 육체들은, 뫼비우스의 띠처럼 얽히고설켜서 밤새 엎치락뒤치락하며 서로를 끝없이 탐했다. 마치 오래전부터 그런 관계였던 듯이 자연스럽고 좋았다. 그동안 그들을 둘러싸고 피어났던 숱한 갈등과 아픔과 슬픔과 원망은 모두 다 연기처럼 사라지고, 세 사람의 몸과 마음과 영혼이 비로소 하나가 된 것 같았다. 다들 제정신이 아니었다. 그리고 새벽녘이 되자 마침내 극도의 피로와 흥분으로 기진

맥진해서 곯아떨어졌다.

　그날 밤, K는 아주 이상한 꿈을 꾸었다. 낯선 행성 같기도 하고, 거대한 젖무덤 같기도 한 곳을 셋이서 걷는 꿈이었다. 자세히 보니 그것은 거대한 모래 언덕이었다. 세 사람은 서로 멀찌감치 떨어져서 사구 능선을 외롭게 걷고 있었다. 거센 바람이 잠시 아슬아슬하게 깎아 놓은 거대한 사구 능선은 마치 한순간에 무너져 내릴 어떤 비극적인 사랑의 클라이맥스처럼 위태롭고 날카로웠다. 그리고 한 발 한 발 내디딜 때마다, 그 사랑의 잔해라도 되는 양 발밑에서 모래가 사르르- 사르르- 흘러내렸다.

　세 사람의 불안하면서도 비밀스러운 동거는 큰 어려움 없이 계속되었다. 아니, 더없이 행복하고 보람찬 나날의 연속이었다. 실패한 전두환 암살 작전을 다시 비밀리에 추진하고, 자본주의와 사회주의의 모순을 극복하기 위한 역사적 실험을 한다는 나름의 자부심도 있었다. 물론 사소한 의견충돌이나 다툼도 자주 있었지만, 대부분 토론을 통해서 원만하게 해결되었다.

　문제는 언제까지 이런 삶이 가능할까 하는, 미래에 대한 불안감이었다. 세월이 흘러도 세 사람의 마음이 절대 변하지 않을 거라는 보장도 없었고, 거사에 대한 압박감도 무척 컸다. 또 주변의 가까운 지인들이 만일 이런 사실을 알면 절대로 그냥 놔두지 않을 것 같았다. 그럴수록 세 사람은 앞으로 어떤 난관이 닥치더라도 용감하게 헤쳐 나가겠노라고 결기를 다졌다.

김 혁

그런데 파국은 전혀 예상치 못했던 곳에서 찾아왔다. 세 사람의 동거 생활이 두어 달 지났을 무렵, 이상한 소문이 들려오기 시작했다. 지난번 거사 직전에 조직을 배반하고 밀고한 자가 다름아닌 바로 A라는 것이었다. 세 사람에게는 그야말로 청천벽력 같은 얘기였다.

"난, 난 절대 아니야!"

남달리 심약하고 예민한 A는 사색이 되어 거의 쓰러질 지경이었다. 그리고 수시로 두 사람을 붙잡고 하소연하며 극구 부인을 했지만, 의혹은 여러 가지 구체적인 정황 증거와 함께 점점 커져만 갔다. 그때부터 사실 여부를 떠나서 세 사람의 관계는 급속히 멀어져 갔다. 함께 있는 것 자체가 고통스러웠다.

"제발 믿어 줘. 난 아니야!"

A는 밤마다 술에 취해 울면서 두 사람에게 결백을 호소하였다.

K와 희원도 그의 말을 굳게 믿었지만, 마음속의 의혹이 말끔히 해소되지는 않았다. 그러던 어느 날, A는 집을 나가서 돌아오지 않았다. 그리고 어느 야산에서 목을 맨 채 변사체로 발견되었다. 나중에 알고 보니 A가 직접 밀고한 것은 아니고, A와 친하게 지내던 누군가가 밀고한 것으로 밝혀졌다. A가 어디까지 연관되었는지는 영원히 수수께끼로 남겨졌다.

그와 희원은 너무나 큰 충격을 받아서 한동안 할 말을 잃었다. 두 사람 사이도 돌이킬 수 없을 정도로 서먹서먹해졌다. 그리고 A의 죽음에 대한 죄책감으로 몸부림치면서, 사사건건 날카롭게 대립각을 세우며 엄청나게 싸웠다. 하루하루가 지옥 같았다.

그러던 어느 날, 희원은 짐을 싸 들고 말없이 집을 나갔다. 그리고는 감감무소식이었다. 나중에 어렵사리 알아본 바에 의하면, 생뚱맞게 미국으로 가서 교포 사업가와 결혼해 살다가 이혼한 뒤로는 종적을 감추었다고 했다.

*

K는 장편 다큐멘터리처럼 스치고 지나간 젊은 시절의 회상에 진저리를 쳤다. 그리고 넋이 나간 듯 중얼거렸다.

'아, 그때 거사에 성공했더라면 얼마나 좋았을까?'

'그랬다면 우리 사회의 분위기가 지금과는 많이 달라지지 않았을까?'

'적어도 박정희 전두환을 찬양하는 일은 부끄러워서 꿈도 못 꾸지 않았을까?'

'또 5·18 민주화운동이나 세월호 참사를 폄훼하는 짓 따위는 감히 엄두도 내지 못하는 그런 사회가 되지 않았을까?'

'무엇보다도 우리의 정치 풍토가 많이 달라지지 않았을까? 진보도 보수도 지금처럼 퇴행만을 거듭하는 수준에서 벗어나지는 않았을까?'

'그리고 우리 세 사람의 인생도 각자 나름대로 잘 풀리지 않았을까?'

김 혁

'아아, 너무도 한심하구나! 민주주의를 수호하기 위해 용감하게 일어선 시민들을 무자비하게 학살한 독재자가 오히려 민주주의를 수호했다고 떵떵거리면서 잘 먹고 잘살다가 고이 자연사하도록 놔두는 나라에 과연 정의가 존재한다고 말할 수 있을까?'

문득, 그의 잠재의식 깊은 곳에 오랫동안 잠들어 있던 탄환 하나가 심장을 향해 빠르게 날아와 박혔다. 온갖 회한과 죄책감과 굴욕과 부채 의식으로 장전되어 있다가 마침내 발사된, 별똥별처럼 짧고 환하게 섬광을 발하는 어둠의 탄환이었다. K는 가슴에 극심한 통증을 느끼면서, 바닥에 흩어져 있는 깨진 찻잔 조각 위로 쓰러졌다.

송두율을
만나다

한
상
준

…그 뒤,

1. 입국, 시(時)

창문을 통해 바깥을 줄곧 응시했다. 유학길에 오르던 때의 하늘, 그 하늘빛이 아니었다. 37년 전, 김포공항의 하늘은 온통 푸른 물감을 칠해 놓은 듯 청명했고 드높았었다. 공항 활주로 위, 굉음 속에서도 어디선가 새소리 또한 들렸었다. 비행기가 아주 느리게 계류장으로 이동했다. 10여 분 뒤면 출입문이 열릴 것이다.

– 공항에 내릴 때는 낯빛 좀 바꿔요. 너무, 비장해 보여요.

동행한 박 교수의 서근서근한 말에도 아랫배에 힘을 줬다. 정색의 낯빛을 풀지 않았다. 한국을 떠나며 보았던, 37년 동안 잊지 않고 품어 왔던 그 하늘빛을 고스란히 다시 볼 수 있기를 절절히 염원했다. 유머 감각이 빼어난 박 교수에게 농담으로라도 맞장구치고 싶지 않았다. 박 교수에게 고개만 까닥였다.

빗방울을 쏟아낼 듯 구름이 낮게 내려앉아 있다. 회색빛 구름

몇 점이 바람에 쫓겨 빠르게 흘러가는 인천공항의 하늘을 지그시 눈 감으며, 가슴으로 만났다. 눈을 감자, 아버지의 고향 제주의 윗세오름 위로 푸르게 펼쳐진 하늘이 보였다. 경계인으로 살아온 지난한 삶이 침떠올랐다.

독일로 유학 떠나면서 조국에 다시 돌아오기 힘들 거라는 예단은 애초 품어 보지도 않았었다. 스승인 하버마스가 조국에서 난감한 상황에 처할 제자의 귀국길에 동행하겠다 나섰으나, 내가 먼저 저어했다. 하버마스에게 조국의 당면한 현재, 체포당하는 모습을 보여주고 싶지 않은 탓도 작용했다. 모국어를 잊지 않은 삶 전반에 대해, 분단된 조국의 하늘과 그 하늘빛을 한시도 가슴 밖으로 밀어내 본 적 없는, 접경보행적 삶의 고뇌에 대해 조국에 와서 숨김없이 드러내 놓겠다고 다짐하며 비행기에 올랐었다. 그렇게 비행기에서 내릴 심사다.

안전띠를 매고 있어야 한다는 싸인등이 꺼졌다. 출입문을 향해 서둘러 나갔다. 공항 입국장에는 우익 인사들의 시위가 기다리고 있었다. 환영 피켓보다 먼저 눈에 차 들어왔다.

'송두율은 가면을 벗고 김일성, 김정일과의 관계를 밝혀라.'

비즈니스센터에 마련된 기자회견장에서 퍽 담담해져 있는 나를 감지했다. 짐짓 낯빛은 풀지 않았다. 웃음기를 입술에 담지 않으려 속내를 애써 여몄다.

한상준

2. 회견, 장(場)

– 독일 집에서 출발해 10시간 만에 한국에 도착했지만, 여기까지 오는 데는 37년의 시간이 걸렸습니다. 입국신고서를 작성하면서 애통하면서도 기쁜 마음이 들었습니다. 그동안 고민과 고뇌에 찬 삶을 살아왔습니다. 조국 땅을 밟게 돼 감개가 무량합니다.

1996년, 아버지 임종을 나는 끝내 지키지 못했다. 준법서약서라도 쓰고 입국하고 싶었던 당시 심경이 되살아났다. 2000년, 제5회 늦봄통일상 수상자로 내정됐다, 했다. 준법서약서가 역시 나의 귀국을 막았다. '국민의 정부'에서도 준법서약서는 서슬 퍼렇게 옭죄는, 분단의 늪이었다.

– 입국 동기가 뭡니까?

– 한국은 우여곡절을 많이 겪었지만 경제 발전과 함께 민주화를 동시에 이룬 몇 안 되는 나라 중 하나입니다. 하지만 한반도는 아직도 남북 분단의 어려운 상황에 놓여 있습니다. 이러한 현실 속에서 과연 바람직한 통일의 방법이 무엇인지 생각을 다듬고 싶었습니다.

조국의 현실을 직접 보겠다는 게, 입국의 결정적 계기였다. 선량해 보이는 질문자가 웃음기를 머금었다. 질문이 이어짐에도 나는 잠시, 한국 사회에 대한 학문적 관점으로 줄곧 작동해 온 화두들을 되새김했다. 1970년, 그해 11월 13일에 있은 전태일의 분신과 뒤이은 유신헌법은 헤어날 수 없는 충격으로 옭죄어 왔다. 5·18은 한국 사회에 대해 정제된 접근을 요구한 변곡점이었다. 물론, 아버지의 고향 제주 4·3항쟁은 경계인으로서의 삶을 근원적으로 잉태하고 있었다. 하여 더욱이나, 귀국 전의 체포영장 발부를 나는 수용할 수 없었다. 무리이고 무례였다. 수사에는 적극 협조하겠다고 했다. 덧붙였다.

ㅡ 한국에 와서 새롭게 다른 길이 보일 수도 있을 것 같은 예감도 듭니다.

'전향적 의사를 포괄하는 발언으로 봐도 되느냐?'고, 예의 기자가 되물었다. 그 기자를 힐끗 건너보고는 살짝 미소를 머금었다. 카메라 플래시 빛이 여기저기서 막 피어났다. 기자회견 중처음 입가에 담은 웃음기였다. 회견을 지켜보고 있던 민주화운동기념사업회 사람이, 입국에 대한 간단한 물음만 해주면 좋겠다고 했다. 이어, 발언했다.

ㅡ 경계인은 택일의 상황에서 엄격한 고뇌를 요구받습니다. 체제가 다른 분단국가를 조국으로 두고 있는 지식인으로서 유보할 수 없는 행동을 감행해야 할 때가 참 많았습니다. 오늘의 귀국을 포함해서, 앞으로 진행될 상황도 그럴 것이라 예견합니다. 이쪽과 저쪽의 중간 지점보다는 어느 한쪽으로 경도된 단언을 접경의 지점에서 마주해야 하는 상황이 빈번한 까닭에, 양편으로부터 부정당할 수 있는 소지 또한 상존합니다. 이 현장에서 보게 되는 상반된 구호가 보여주듯, 현재 역시 그렇습니다. 저는 피를 말리는 긴장감 속에서 살아온 접경보행자입니다. 37년 동안 저와 우리 가족

이 숨 몰아쉰 삶의 모습입니다.

– 국정원 조사 일정이 잡혔습니까?

듣고 싶지 않은 물음이었다.

– 변호사가 협의할 예정입니다.

짧게 답했다. 10시간의 비행이 주는 피로감을 느끼진 못했다. 어릴 적, 수평선과 맞닿은, 그 둥근 제주의 하늘이 보고 싶어졌다. 회견장 너머 하늘을 힐끗 건너보았다. 구름이 먹빛으로 변해 있었다. 서둘러 몇 마디 보탰다.

– 아버님과 조부의 묘소를 제일 먼저 찾아 불효를 사죄할 것입니다. 보고 싶은 사람들도 좀 보고 어디가 변화했는지 살펴보고 싶습니다. 옛날에는 한강 다리가 하나밖에 없었는데….

옛 한강 풍경이 떠올랐다. 감회가 솟구쳤다. 잠시 말을 잇지 못했다. 카메라 기자들은 그러는 순간을 예리하게 노리는 듯했다. 플래시가 여기저기서 펑펑 터졌다. 아내가 나를 지그시 건너봤다.

– 정년퇴임이 5년 남았습니다. 퇴임 후 한국에서 나의 적은 지식을 공유할 수 있는 기회가 생긴다면 강의도 하고 싶습니다. 한국의 지성인들과 대화를 나누고 지식을 공유하고 싶습니다.

나는 회견장을 성큼성큼 나섰다. 아내가 손을 꼬옥 잡았다. 카메라 플래시 빛, 환대와 비난 소리가 동시에 난무했다. 아수라장이었다. 37년 전, 한국을 떠나면서 가슴속에 담아 뒀던 하늘을 나는 가만히 내려놓았다.

3. 모독, 기(記)

― 경계인으로서의 삶은 결국 간첩 행위였다. 수없이 말을 바꾸는 부도덕한 학자로서의 실체 또한 드러냈다. 당신이 말하는 경계인으로서의 삶, 그 실체를 스스로 밝혀야 한다.

― 오늘 이런 광란의 현상적 상황으로 본다면, 당신의 질문은 질문 그 자체로는 성립된다 할 수 있을 것이다. 그러나 앞서 내가 말한 것처럼, 한반도의 남쪽과 북쪽은 체제적으로 극단적 구조 속에서 갈등의 증폭만 확대재생산하는 정체성을 현재도 지니고 있다. 깨어 있는 양심은 보다 순수한 반체제적 삶을 선호하게 된다. 그러니, 당신의 질문이 내재하고 있는 의도성에는 더 이상 답변할 가치가 없다고 본다.

― 대한민국에 입국한 것은 최종적으로 택하게 된 결정인가?

― 당신이나 나나, 어느 한쪽의 체제가 확실한 선이라고 규정하기는 어렵다는 전제를 허용하여야 한다. 그렇지 않고서는 당신의 질문은 나로 하여금 지금까지 살아온 경계인으로서의 삶, 학자적 양심을 견지해 온 삶에 대해 부정하라고 강요하는 것이다. 지금까지의 나의 삶이란, 반체제적 학자로서의 행보를 멈추지 않았고 앞으로도 그럴 것이며 또한 한반도의 양 체제가 주권인들을 얼마나 가혹하게 엄단해 왔는가를 확인하면서, 이를 타파하기 위해 몸부림쳐 온 삶이었다고 자부한다. 그렇기 때문에, 최종적으로 한반도 남쪽 국가에 입국한 것을 체제 우월성의 측면에서 고착화시킨 답

변을 요구하지 않았으면 한다.

─ 당신은 37년 동안 고국을 떠나 고국에 발을 들여놓기보다는 적성敵性 국가를 20여 차례나 방문했다. 북한 쪽에 더 경도되어 있다고 보는 건 명백하다. 정치국 후보위원으로 활동한 것 역시 당신의 답변을 수사修辭로 듣게 된다. 경계인으로서의 삶이 아니라, 일방의 체제를 우월하게 인식하고 있다고 볼 수밖에 없다.

─ 거기엔 두 가지의 중대한 물음이 혼재되어 있다. 나는 북쪽에서 어떤 정치적 위치에도 서 본 적이 없다. 인간의 행위로써 진행되는 학문의 연구가 정치적이라는 명제를 이 법정이 명백하게 인정한다면 나의 학문적 행위는 본원적으로 정치 행위일 것이다. 그런 점에서 인간의 모든 행위는 정치적 관점에서 벗어나 있지 않다는 걸 한국의 사법 당국이 모른다면 이는 수치에 가깝다. 더불어, 37년 동안 조국에는 돌아오지 않고 이른바, 적성국가에는 근 20여 차례나 방문함으로써 결국 한반도 북쪽을 택했다고 단언하는 것과 동시에 그쪽에 경도되었다고 보는 건, 명백한 정치적 굴종을 강요하는 한반도 남쪽의 시각일 것이다. 한반도 남쪽을 들여다볼 때, 한반도 남쪽이 내재하고 있는 정치 지형과 연관하여 정치체제를 통찰할 수 있듯이 한반도 북쪽 상황에 대한 진단 역시 북쪽의 내부적 현실에서 우선적으로 벗어날 수 없음을 인정해야 한다는 것이 나의 '내재적 접근법'이다.

─ 당신은 '북한 사회를 평가하려면 북한 사회 내부의 내재적 요구를 중점적으로 살펴야 한다'는 주장을 통해 북한 정권의 정책이

나 인권 문제 등은 북한 사회의 특수성에 기반하여 평가해야 한다는 논리를 형성했다. 이 논거는 결국, 북한 주민을 억압하는 북한 체제에 대한 합법성을 인정하는 쪽으로 기여하게 되었다.

　— 이 질문은 기본적으로 저급하다. 나의 학문, 아니 모든 양심적 학자의 학문적 업적에 대한 법의 심판 과정이 성립되는 오늘의 이 사실, 이 자체가 기이한 현상이다. 나는 이 법정을 나의 사상과 양심에 대해 사법의 이름으로 가해지는 폭력으로 규정한다. 이 법정은 모독의 법정으로 기록될 것이다. …음, 질문에 답하겠다.

　그때, 울컥 눈물이 솟구쳤다. 눈물 위로, 아버지의 온후한 얼굴이 그려졌다. 그가 나의 감정을 지그시 눌렀다. 아버지와 함께 오르던 오름이 잠시 펼쳐졌다. 꿈같은 장면이었다. 법정을 찬찬히 둘러보았다. 고립된 섬처럼 닿던 법정이 다르게 보였다. 내 목소리가 점점 도도해지는 걸, 느꼈다.

4. 강의, 실(室)

　2010년 6월 4일 오후 3시, 본Bonn 한인학생회의 '열린생각나누기'회에서 주관하는 강의 요청을 흔쾌히는 받아들이지 않았다. 〈경계도시 2〉라는 영화 상영에 앞서, 구색을 맞추려다 보니 이뤄지는 강의 아닌가? 하는 생각이 우선 든 탓이기도 했다. 2003년 9월 이후 한국 학생을 대하기가 퍽 어려운 처지에 놓였다. 내가 나서서 강연 활동을 능동적으로 해낼 처지 또한 아니었다. 하여,

　　　　　　　　　　　　　　　　　　　　　　　한상준

강의 요청이 흥미로운 건 사실이었다. 대학 강단에서 은퇴했고, 한국어로 쓰고, 한국말로 나누는 대화마저 2004년 8월 독일로의 귀환 뒤에는 자제해 왔다. 한국인들만의 모임에도 나가지 않았다. 모국어가 나를 격앙되게 만든 탓이었다. 나는 가급적 모국어로 감정을 드러내야 하는 의성어나 의태어 사용마저 금했다. 닭 우는 소리나 기차 소리까지도 아내에게 현지어를 사용했다.

강의 장소인 'Haus Vandalia'에는 한인 학생 30여 명이 모여 담소를 나누고 있었다. 술잔을 기울이고 있는 테이블도 보였다. 그런 분위기에 얼핏 짜증이 났다. 하지만 눌러 참기로 했다. 장소를 모르고 온 게 아닌 까닭이었다. 소셜 네트워크 시대의 젊음에 동참할 수 있는 기회로 여기려, 생각을 바꾸고자 했다. 강의는 현지어로 할 생각이었다. 독일에 유학 온 젊은 친구들 가운데 나처럼 현지어를 모르고 온 한인 유학생들을 자극하기 위해 매몰차게 현지어로만 대담하거나 강의했던 경우가 적지 않았다. 그런 교수 시절을 새삼스레 상기했다, 흠흠.

강의가 시작되기 전, 모임의 핵심인 듯한 학생이 내게 와서 담소를 나누려 했다. 현지어로 그의 물음에 답했다. 부담스러워하는 눈치가 역력했다. 그러나 강의를 시작하자, 학생들의 치열한 자세와 진지하게 기록하는 태도는 내재된 분노를 풀도록 만들었다. 강의 내내, 흥분을 가라앉히지 못했다. 모국어가 절로 나왔다. 어느덧, 모국어로만 강의했다. 남과 북은 자기 속의 타자로 서로를 봐야 통일을 이룰 수 있다는 걸, 강의 핵심으로 삼았다. 모국어로 모국을 논하는 아름다운 강의였다.

〈경계도시 2〉는 모국어에 대해, 모국에 대해 끈을 놓지 못하도록 나를 견인했다. 영화는 딴은, 지루했다.

5. …그 뒤,

'국가보안법으로는 제 사건이 마지막 기록이길 바란다'고 나는 법정에서 말했었다. 목하, 정권이 바뀌었다. 남북 관계는 평화와 아주 멀어져 갔다. 국가보안법은 더욱 위세를 떨쳤다. 한국 사회는 여전했다, 이후에도….

그 후…,

1. 출국, 시(時)

2004년 8월 5일 오후 2시, 송 교수가 차에서 내렸다. 공항 청사 안에서 그를 지켜봤다. 송 교수는 하늘 높이 펼쳐져 있는 양떼구름을 잠시 올려다본 뒤 청사로 발길을 떼었다. 항소심을 마치고 송 교수가 부인과 함께 떠나는 인천공항은 북적거리지 않았다. 송

한상준

교수를 알아보는 여행객들은 대체로 밉광스런 눈치를 보였다. 여름방학을 맞아 해외연수 떠나는 학생들과 패키지여행 일행들이 가이드가 든 깃발 따라 종종걸음으로 내달을 뿐, 송 교수를 배웅하는 공항의 한구석은 썰렁했다.

송 교수는 입국 때처럼 입가에 웃음기를 머금지 않았다. 송 교수가 배웅객들과 어색하게 조우했다. 가는 자나 배웅하는 자들의 표정이 어둑했다. 입국 때부터 함께했던 박 교수와 시민단체에서 활동하는 몇몇, 그리고 학생 10여 명이 올목졸목 모여 있었다. 사진기자들이 셔터를 눌러 댔다. 취재기자들 대부분은 팔짱을 한 채 어정떴다. 나는 글로브트로터의 중고 캐리어가 무겁고 버겁기도 하여, 그네들과 좀 떨어져 눈길만 건넸다.

― 오는 10월로 시작되는 독일 대학의 겨울 학기 강의 준비와 집필 활동 등에 주력할 계획입니다. 겨울 학기가 끝나는 내년 2월 이후 입국이 가능할 것 같습니다.

'내년 2월 이후 입국이 가능할까?' 의구심이 일었다. 강제 출국에 다름 아니었다. 내년 2월인들 한국 내의 동향 변화를 기대할 수 없을 터였다. 송 교수가 고국을 다시 찾지 않을 거라는 예감마저 들었다. 항소심에서 핵심 부분에 대해 무죄 선고를 받았지만, 송 교수는 구속에서 석방 때까지 야수의 송곳니에 물어뜯기는 사냥감이었다.

시민단체 활동가들과 학생들이 구호를 외쳤다. 송 교수는 구호에 동작하지 않았다. 반응을 보이지 않는 송 교수의 내심이 궁금했다. 송 교수는 티켓팅 뒤 배웅하는 이들을 향해 짧게 손을 흔들고는 심사대를 통과했다. 나는 송 교수가 들어가고 배웅객들마저 흩어진 뒤에야 탑승권을 끊고 짐을 보내고, 심사대를 거쳐 출국장으로 향했다.

오후 2시 30분 발, 프랑크푸르트행 루프트한자 비행기에 탑승할 때까지 공항 체류 시간은 길지 않았다. 송 교수가 게이트를 빠져나와 공항 밖 대기 차량에 오르기까지 아수라장이었던 작년 9월의 입국장 풍광을 떠올렸다. 사회부 시절이었다. 오늘 그와 동행 출국을 하게 됐다. 씁쓸함이 입안에서 씹혔다.

정치부로 옮긴 뒤로부터 출입처가 야당이었다. 당 쪽에서 송 교수 사건 성명을 주로 맡았던 모 대변인이 송 교수를 잘 알았다. 대변인을 통해 송 교수에 관해 그동안 알고 있던 것보다 더 듣게 되었다. 일견, 송 교수가 주장하는 경계인으로서의 삶과 북한 내부에 대한 내재적 접근법에 의한 고찰 혹은 그의 철학적 사유를 훑어보긴 했었다. 허나, 단순 이해 수준의 껍데기 핥기였다. 구치소를 나서며 몇몇 한국 언론에 대해 '썩은 내 나는 신문'이라고 토로한 그의 혐오감에 동업자로서 통렬한 지적이라며 동의하고 있었다. 기자로서의 낯간지러움이 그에게 끌린 태반의 이유였다고 보는 게 더 옳다.

그러던 차, 데스크로부터 동행 취재를 요청받았다. 또 다른 기획은 독일 통일 과정에 대한 4주간의 현지 취재였다. 아내를 만나보라는 이면의 배려라 여겼다. 아내가 독일 유학을 고집하던 때

한상준

부터 두 딸아이마저 데리고 떠난 이태 동안 여러모로 힘들어하는 나를 지켜본 동문 선배가 데스크였다. 망설였다. 물론, 아내와의 관계 개선이 절실했다. 더불어 두 딸아이가 보고 싶었다. 애절한 속내를 결국, 도려내지 못했다. 좀 쉬고 싶다는 심경까지 덧붙여 떠나는 독일행이다.

나는 송 교수와의 동행 취재보다는 독일 통일 과정과 한반도 통일 문제를 바라보는 관점에 더 방점을 찍었다. 데스크 역시 같은 심중을 드러냈다. 동행 취재에 무게를 두지 않은 까닭에 공항에서부터 송 교수와 배웅객 가까이 다가가지 않았다. 프랑크푸르트 공항에서 짧게 인사는 건넬 요량이었다. 한반도 통일 문제를 다루는 데에 송 교수의 견해나 저작을 참고해야 하는 까닭 아니라면 굳이 인사 나누지 않아도 되리라 여기기도 했다. 아내가 통역을 맡아 주기로 했을뿐더러 한국의 여러 매체가 몇 차례 우려먹은 기획이어서, 어려운 출장은 아니라고 넘겨짚었다.

송 교수 앉은 좌석의 세 자리 건너가 내 자리였다. 비행시간 내내 나는 그의 움직임에 신경 쓰지 않았다. 창밖으로 흐르는 구름따라 망연히 시선을 건네곤 했다. 송 교수는 두어 차례 화장실에 다녀오는 듯했다. 그것 말고는 기척이 거의 없었다. 그의 내심을 헤아려 보고 싶지 않았다. 비행시간이 한 시간여 남았다는 표시가 떴다. 나는 눈을 붙였다.

입국 심사대로 내려가는 게이트 안에서 송 교수가 재직하는 대학에서 박사과정을 밟고 있는 추정희의 남편이라고 소개하며,

명함을 건넸다. 송 교수도 아내를 알고 있다는 듯 고개를 끄덕였다. 통독 과정 취재차 왔다고 했다. 도움이 필요하면 찾아뵙겠다고 했다. 송 교수의 눈가에 얼핏 경련의 빛이 일었으나 이내 아무런 내색을 하지 않았다. 그나마 '썩은 내 나는 신문'사 소속이 아니어, 건네받은 명함을 휴지통에 내버리지 않는다는 인상이었다. 공항에서 아내와 송 교수 일행과는 조우하지 못했다.

2. 송고, 장(帳)

추정희는 여전히 활기찼다.

― 잘 왔어.

아내가 아이들을 데리고 나올 줄 알았다.

― 아이들은?

― 오랜만인데, 시간 보내고 들어가자고.

아내가 이끈 곳은 공항에서 멀지 않은 호텔이었다. 나는 내일부터 당장 취재해야 한다며 핀잔을 줬다. 아내는 막무가내로 나를 끌었다.

― 장 선배가 전화하더라고.

데스크가 아내에게 전화해 둔 모양이었다.

― 그 형. 오지랖, 참 넓네.

― 취재 방향도 정해졌잖아.

― ……

말 없는 나를 힐끗 건너보았다.

— 취향, 여전하군.

아내가 글로브트로터 중고 캐리어를 가리켰다.

— 골동품 가게에서 건졌지.

— 어이쿠, 고물상에서였겠지.

그렇게 티격태격 독일에서 한 달을 보냈다. 아내는 만나야 할 사람을 주선했고, 만나는 사람과의 통역을 맡아 주었다. 갈 곳을 안내했고, 가야 할 곳을 정해 주기도 했다. 너무 오랜만에 추정희의 배려를 느꼈기에 불편한 심중을 놓지 못했다. 그러는 나를 두고 아내가 꾸짖기까지 했다.

아내, 두 딸과 함께 틈틈이 독일 곳곳을 누비고 다녔다. 온 가족이 여행을 다닌 게 얼마 만이던가. 아이들이 너무 즐거워했다. 아내는 자신의 유학 결정을 최선의 선택이라고 여전히 고집했다. 나는 옳지 않다고 했다. 서먹한 관계를 풀면서 동의해 줬다.

방독 취재 기간이 끝나기 며칠 전부터 아내가 송 교수에게 전화를 했다. 연결되지 않았다. 끝내, 통화가 되지 않았다. 독일 내에서도 송 교수의 입국 뒤 근황에 대해 알려진 게 없었다. 강의 외에 외부 노출이 거의 감지되지 않았다. 한국에서도 마찬가지였다. 출국과 관련한 짧은 보도 뒤 송 교수 관련 기사는 매체에서 사라졌다. 나의 동행 취재 기사가 유일했다. 송 교수의 입국에서 출국 때까지 광란의 바람이 불었지만 더 이상 보도 가치 없는, 휩쓸려 간 미친바람이었을 뿐이라는, 이 바닥의 생리였다.

〈1〉동방정책과 햇볕정책 - 빌리 브란트와 김대중
〈2〉'하나가 된다는 것은 나눔을 배우는 것이다'
    - 폰 바이체크와 드 메지에르
〈3〉분단의 역사와 통일 해법 - 모스크바 삼상회담과 6·15 남북공동선언
〈4〉통일 독일과 통일 한반도의 주변국 - 나토 방위군과 한반도 미군 주둔
〈5〉베를린 장벽 앞에 서다 - '그날, 1989년 11월 19일을 떠올리며'

기사는 새벽에 썼다. 다섯 차례 모두 마감을 넘긴 송고였다.

3. 방문, 기(記)

아내와 함께 독일행 비행기를 탔다. 아내는 독일 모 대학에서 있을 세미나 참석이고, 나는 북유럽 4개국의 복지 관련 6주간 취재차였다. 송 교수와 내가 프랑크푸르트행 루프트한자에 몸을 실었던 때로부터 11년 지난 8월 5일, 그날이었다. 특별히 출국일에 의미를 두지 않았다. 몰랐다. 비행기가 이륙한 뒤 아내가 불현듯 그때, 그날을 끄집어냈다. 나는 그 시절의 풍경 이모저모를 상기, 회억해 냈다. 작금의 한국 내 정치 지형이 하, 수상하여 회상의 뒤끝이 이내, 무르춤해졌다. 비행시간 내내 나는 잤다.

아내와 나는 베를린에 있는 숙소로 이동했다. 한국인이 운영하는 곳이었다. 숙소에 짐을 풀고 서둘러 송 교수네로 향했다. 송 교수의 집은 전철역에서 그리 멀지 않았다. 오래된 주택이었다. 3층에 이르러 초인종을 눌렀다.

한상준

― 오우, 추! 어서 와요.

아내는 귀국 이후에도 두 차례 더 독일을 방문했고, 송 교수네와도 관계의 끈을 이어가고 있었다. 정 여사가 나에게도 말을 건넸다.

― 어서 와요. 반갑습니다.

― 늦은 시간이어, 죄송합니다.

― 지체 말고 오라고, 추 교수에게 내가 말했어요. 프랑크푸르트 공항에서 박 기자 만난 그날을 떠올리고 있었어요.

송 교수가 반갑게 나에게 악수를 청했다.

― 기억하시는군요.

2003, 4년의 고뇌에서 벗어난 듯 송 교수는 밝았다. 손아귀의 힘이 전해졌다.

송 교수와 악수한 채 나는 집안을 힐끗 건너보았다. 고전풍의 여러 방면에 마니아적 관심을 기울이곤 하는 내게 송 교수의 오래된 집 내부가 눈에 확 들어왔다. 휘둥그레진 나의 눈길을 알아챈 송 교수가 집에 관해 입을 뗐다.

― 19세기 프로이센 장교들이 살던 집이지요.

송 교수가 나를 집안으로 끌었다. 고개를 들고 천장을 봤다.

― 높이가 3.5미터야.

― 독일에선 천장이 높고, 오래된 집이 비싼 집이라고 들은 듯합니다.

송 교수가 여전히 내 손을 잡은 채 끄덕였다.

－ 지금 밟고 있는 거실 바닥 목재 길이가 8미터인데, 가구를 양쪽 끝으로 치우면 파티도 할 수 있을 만큼 넓어져요.

집에 대해 할 이야기가 많은 듯했다.

－ 독일 건축 양식은 프리드리히 빌헬름 2세가 베를린 건축을 새롭게 세우고자 하면서 신고전주의 건축을 도입하게 되었는데, 이후 카를 프리드리히 싱켈이라는 건축가에 의해서 완성되었어요. 이 집도 바로 그런 양식의 영향을 받았다고 볼 수 있지.

하오와 하게체를 오갔다. 친근감을 느꼈다.

－ 건축 양식도 그렇고, 가구들도 고풍스럽고, … 희소성의 가치를 중시하는 전통 인식이 참 좋아요.

서양 건축, 사에 문외한이다. 오래된 집이라는 데에 초점을 맞췄다. 궁색한 나의 답변을 꿰뚫어본 듯 송 교수가 잠시 말을 끊었다.

－ 수십 년 동안 이 집에서 아이들 키웠고, 저 양반이 이 집을 떠나려 하지 않았어요.

마침, 정 여사가 차를 내오며 끼어들었다. 송 교수가 말머리를 돌렸다.

－ 여보, 저녁 먹지요. 출출하겠어요.

두 분이 우리 부부를 위해 저녁식사를 준비해 뒀다고 했다.

－ 사모님, 만찬이에요. 푸성귀들이 싱싱해요.

아내가 깊이 감사해했다.

－ 상추, 고추, 가지, 오이 등등을 베란다에서 키워. 여긴 흙이 좋아요. 거름하지 않아도 잘 자라거든.

한상준

와인까지 곁들이며 소소한 이야기를 나눴다. 나는 사실, 송 교수에 대해 궁금한 게 많았다. 훈훈한 분위기는 나의 궁금증을 들춰내지 못하게 했다. 꽤 시간이 흘렀다.

— 후식은 당신이 좀 내오세요.

정 여사가 송 교수에게 요청했다. 아내와 나는 흘깃 송 교수의 눈치를 살폈다. 송 교수가 아무렇지 않게 부엌으로 향했다. 아내가 눈을 치켜뜨면서 의외라는 속내를 정 여사에게 건넸다.

— 그렇게 뒷바라지해서 교수 시켰는데, 한국에 가서는 또 1년 가까이 옥바라지하다가 내가 폭삭 다 늙어 버렸어, 허허.

그러니, 웬만한 집안일은 이제 떠넘겨도 되지 않겠어, 하는 양 미소를 머금었다. 정 여사가 대학도서관 사서로 일하며 아이들 키우면서 송 교수 뒷바라지한 건, 꽤 알려진 이야기였다. 송 교수가 멋쩍은 듯 웃으면서 후식을 내왔다. 송 교수가 앉아 있는 뒤쪽 책꽂이 상단, 한지에 붓글씨로 단아하게 써 놓은 글귀가 보였다.

'여성이 세상을 바꾼다'

4. 집필, 실(室)

거실에 놓인 원목 책상이 육중했다. 지금은 한국의 시골에서 거의 사라져 버린 가죽나무 색상이다. 책상을 손끝으로 툭툭 쳤다. 탱글탱글한 소리가 났다.

— 적갈색이 돋보입니다.

– 독일 가문비지.

아내가 사용하는 책상이라며, 송 교수가 나를 옆방으로 이끌었다.

– 여기가 내 방이야.

그를 따라 서재로 자리를 옮겼다.

출국 일주일 전, 송 교수 사모님과 통화가 이뤄졌고 사모님의 초대를 받았으며 송 교수를 만날 수 있을 것이라, 아내가 귀띔했을 때 나는 송 교수에게 건넬 질문지를 애써 챙겨 두었다. 단도직입, 물었다.

– 2007년에 나온 《미완의 귀향과 그 이후》에서 '나는 아직 귀향하지 못했다'고 했는데, 지금도 귀향하고자 하는 의사가 있습니까? 2004년 8월, 출국장에서 "오는 10월로 시작되는 독일 대학의 겨울 학기 강의 준비와 집필 활동 등에 주력할 계획"이라며, "겨울 학기가 끝나는 내년 2월 이후 입국이 가능할 것 같"다고 하셨거든요.

– 깊은 수렁이야, 한국 사회는.

송 교수가 짧게 답했다.

– 불확실성의 수렁.

그가 덧붙였다.

– ……

그러고는 말문을 닫았다.

한국 사회에 대한 송 교수의 발언을 나는 간략하게 듣고 싶지

한상준

않았다. 독일로의 귀환 이후, 송 교수가 보여준 한국 사회에 대해 송곳처럼 뾰족하면서도 긴 몇 차례의 논쟁적 발언이 신문사에 전해졌었다. 더불어 2004년 8월, 출국장에서 그가 다시 한국에 오려 하지 않을 거라는 나의 예단을 내려놓지 않았으므로, '아직 귀향하지 못'한 연유를 한국 내부에서 찾으려는 듯한 발언은 그가 여전히 밝히고 있는 귀향 의사의 진정성을 의심하도록 부추겼다. 그동안 아주 드물게 전해지는 독일에서의 송 교수 일상은 '미완의 귀향'이라기보다는 귀향을 포기한 삶 아닌가, 하는 의구심을 갖도록 했다. 송 교수의 한국 상황에 대한 논설과 한국인에 대한 만남이 퍽이나 편향적이고 제한적이란 논란이 신문사 내에서도 그의 논평이 뜰 때마다 오가곤 했었다.

— …….

침묵이 의외로 길었다.

내가 먼저 말머리를 돌렸다. 질문지가 몇 더 있었고 시간은 짧게 남았다. 송 교수 역시 단도직입의 질문을 무례하다고 보는 눈치는 아니었다.

— 이시우 사진작가에게 편지를 보낸 건 그와 어떤 연관이 있어서였나요?

2007년 4월, DMZ 사진 전시회를 빌미로 이시우 사진작가가 국가보안법으로 구속되고 단식 40여 일을 넘어선 때, 송 교수가 이시우 작가에게 위문의 편지를 보냈다는 게 신문사에 퍼졌다. 당시, 송 교수의 의중이 궁금했었다. 송 교수를 만나면 물으리란,

아직 유효하다고 여긴 질문이다.

─ '긴 싸움을 위해 자신의 몸을 지켜 달라'는 내용이었지. 그 작가를 만난 적이 없어 잘 모르긴 했지만, 동병상련이랄까…. 덧붙이자면, 당시 나를 회유했던 사람들에게 건네는 우회적 비난이기도 했어요. 공개적으로 전향을 요구했던 집요한 몇몇 진보 진영 내의 강압적 설득을 끝내 물리치지 못한 부분에 대해 나와 아내는 지금도 매우 부끄럽게 여기고 있어요. 당시의 그 하룻밤이 참 힘들었지. … 이시우 작가가 국보법에 굴복하지 않길 바라는 마음 한편으로 40여 일의 단식이 너무 고통스러울 거라는 고뇌의 동참이었어요.

한국에서 겪은 국가보안법으로 상처가 여직 아물지 않았다는 걸, 새삼 느꼈다. 송 교수가 이내 덧붙였다.

─ 음…, 《미완의 귀향과 그 이후》에서 '아직 귀향하지 못했다'고 한 그 표현은 경계인으로서의 삶이, 학자적 양심이 짓밟혀 버린 2003, 4년 한국에서의 격랑에 여전히 휩쓸려 있다는 증표라고 볼 수 있지. 이시우 작가에게 편지를 보낸 해였는데, 끝내, 조국으로 돌아가지 못하고 법적 국민으로 소속되어 있는 국가로 귀환하게 된 경계인으로서의 고뇌. 그리고 '대한민국 헌법 준수', '독일 국적 포기'라는 전향 의사를 내보임으로 해서 입은 내 안의 상처를 아직까지 여과시키지 못하고 또한 그런 나를 질타하는 회한 혹은 격한 감정 분출… 의 결과라 할 수 있겠지. … 한반도 남쪽과 북쪽에서 동시에 배척된 이방인이 됐다는 걸 절감하곤 해, 지금.

한상준

송 교수가 서재 한 귀퉁이를 응시했다. 눈빛이 퀭했다. 그의 시선을 따라 나도 눈길을 건넸다. 《미완의 귀향과 그 이후》(후마니타스, 2007) 한국어판 두 권이 꽂혀 있다. 앞으로의 저작에 대해 물었다. 말길을 틀어야겠다는 판단이기도 했다.

― 현재 쓰고 있는 저술은 뭐예요?

송 교수가 바로 화답했다.

― 자서전이지. 한국어로 쓰고 있어. 한국을 떠나 독일에서 살아온 반세기 동안의 내 지적 편력의 기록이겠지만, 희망을 쓰고 싶어요. 희망을 쓰고 싶은데, 한반도의 희망을 쓰고 싶은데, 내 안의 희망만으로는 안 되잖아. 부족하잖아, 그러면. 한반도의 양 체제가 불확실성의 화신이에요. 전망 부재의 사회로 한반도의 양 체제가 빠져들고 있어. 보여요, 그게. 그런데, 희망을 말하고 싶은 게야, 한반도의 희망을. 보이지 않는 희망을 보이게끔 하려고 안간힘을 쏟고 있어요, 지금.

송 교수의 고뇌가 자닝히 전해졌다. 그는 모국어를 도려내지 못하고 있었다. 그랬다. 그의 집필은 여전히 접경보행이었고, 내재적 접근이었다. 송 교수의 집필실이 참, 따뜻한 공간으로 내게 다가왔다.

5. 그 후…

'통일과 민주주의에 대해 끊임없이 써야 해요.'

헤어지면서 송 교수가 내게 건넨, 인칭이 빠진 말이었다. 한국 언론이 못 한다면 당신만이라도 그렇게 해야 한다는 요망이었으리라. 목하, 유신의 망령이 되살아나고 있다. 내 안에 들어와 있는 국가보안법이 나를 검열했다.

한국 사회는 어디로 갈까, 이후에는….

그렇…,

2019년 겨울, 두 딸아이가 21일간의 유럽 여행을 떠나는 여정 속에 포르투갈 리스본 방문이 들었기에 '알가베'에도 가보면 좋겠다고 했다. 송 교수 내외를 만나 보라는 권유였다. 송 교수가 귀국을, 그의 의중대로라면 '미완의 귀향'을 끝내 미완으로 남겨놓고 지중해와 대서양이 맞닿는 포르투갈의 휴양지 알가베로 이주했다는 소식을 접한 건, 그해 9월이다. 송 교수가 대학에서 퇴임하고 남은 생을 보낼 곳을 찾고 있다는 기사를 어디선가 본 듯하기도 했다. 독일에서 송 교수를 만나고 온 누군가로부터 들었나, 싶기도 하다.

'그랬군, 결국. 그렇게 됐군.'

은연중 그러려니, 아니 그럴 거라고 여겼으면서도 잠시 충격

한상준

에 빠졌던 기억을 떠올리며, 요망했다. 딸들도 흔쾌히 그러마, 했다. 아내가 독일 유학 시절에 딸아이 둘을 데리고 있었고 송 교수네와 교류가 있었기에 송 교수와 그의 아내 정 여사도 두 딸아이를 알고 있었다.

해를 보기 어려운 우중충한 날들과 추적추적 잦은 비가 내리는 베를린 날씨로부터 벗어나고 싶었을 게다. 더욱이나 2004년 독일로 귀환하고 난 뒤 심신마저 결코 여유롭지 못했을 터다. 유럽에서 일년 중 300여 일 이상 햇빛을 볼 수 있다는 알가베는 여생의 삶터로 안성맞춤일 수 있겠다는 생각이 들기도 했다. 송 교수의 이주의 변을 그해 9월 16일자, 타사他社의 칼럼 〈다시 경계선을 넘으며〉를 통해 읽으면서, 만만치 않은 고뇌를 거쳤을 송 교수에게 그나마 안부라도 전했으면 하는 연유였다.

하지만, 두 딸들은 코로나19로 인해 포르투갈에는 발도 딛지 못하고 영국에서 서둘러 귀국했다. 딴은, 문재인 정부가 들어서고 관련한 모 인사에게 어느 자리에서 송 교수의 귀국에 대해 슬며시 운을 떼본 적도 있었거니와, 송 교수의 칼럼을 읽고 난 뒤 알가베로의 이주에 대한 간단하고 짧은 소회를 송 교수에게 메일로 보냈지만 답이 없었다. 송 교수의 근황은 타사에 쓰고 있는 칼럼을 통해 알가베에서의 삶의 정황을 느끼는 정도였다.

송 교수의 글은 여전히 팽팽한 사유력과 날렵한 글쓰기를 유지하고 있어, 감탄을 자아냈다. 특히 2021년 4월 14일자 칼럼, 〈4월에 떠올리는 상념〉은 그의 삶의 현재성을 얼마큼이나마 들여다보고 곱씹게 하면서 오래도록 여운을 남겼다. 내려받기해서 인터넷의 내 글모음방, 〈지층地層의 깊이〉의 참고용 글 칸에 넣어 뒀다.

2021년 12월 29일자 그의 칼럼 역시 지난 4월 칼럼이 그랬듯 코로나19 팬데믹에 얽힌 내용이 글의 바탕이다. 코로나19의 지구적 사태는 누구라도 어디서든 언제든지 몸과 맘이 얽매이지 않을 수 없기에, 송 교수 또한 이래저래 붙잡혀 있는 듯했다. 나는 논설실로 자리를 옮긴 이후 일과 중 짬을 낼 수 있는 시간이 조금은 주어져 송 교수의 글을 찾아 읽기도 하는 차제에 덩달아 생각나, 지난 4월 칼럼을 글모음방에서 끄집어내 다시 읽어 본다.

아말리아 로드리게스Amalia Rodriques, 1920~1999의 파두Fado '포르투갈의 4월'을 듣게 되면 한국의 제주 4·3을 떠올리게 되는데, 한국이나 포르투갈이건 4월에는 한恨과 사우다지Saudade를 오랫동안 섧도록 끌어안지 않을 수 없게 하지만, 이제는 다른 의미의 4월을 기다린다는 송 교수의 염원이 담겨 있다.

접속한 방에서 빠져나와 커피를 마시면서도 송 교수의 알가베행에 대해 수긍하면서도 또 다른 한편으로는 새삼스레 아쉬움에서 헤어나지 못한다. '한만 떠올리거나 사우다지만을 불러오는 4월이 아닌 다른 4월을 그래서 기다'린다지만 그 기다림의 실체는 송 교수가 여전히 조금은 혹은 아직도 힘겹게 한과 사우다지가 품고 있는 또 다른 의미에서의 함축, 즉 디아스포라로서 '미완의 귀향'에 붙들려 있나? 하는 느낌을 떨굴 수 없어서다. 특히, 디

한상준

아스포라라는 단어에 은연중 내재해 있는 '자기 땅에서 버림받은 자'라는 의미망이 옭죄어 오는 아리고 씁쓸한 기분에 휩쓸렸다.

더불어 2004년 8월 5일, 그의 강제 출국에 따른 동행 취재 시 프랑크푸르트 공항에서 명함을 건넸을 때 얼핏 내보인 경멸의 눈빛과 그로부터 11년이 지난 2015년 8월 5일, 아내와 함께 간 베를린 그의 집 서재에서 나눈 대화 장면이 떠올랐다. 특히 '한반도 남쪽과 북쪽에서 동시에 배척된 이방인이 됐다는 걸 절감'한다며 잠시 눈시울 붉히던 그 충혈된 눈빛을 잊을 수 없다. 그때, 나는 다시 귀향하고자 하는 그의 속내에 의구심을 품고 있었기에 좀 더 들어가《미완의 귀향과 그 이후》서문에서 밝힌 의중을 떠보며 매몰차게 몰아붙이고 싶었다. 하지만, 훈훈한 분위기와 제한된 시간으로 끝내 그 질문은 더 깊이 들어가지 못하고 겉만 훑고 말았던 기억이 새롭다.

송 교수가 언론 매체의 필진으로 참여하면서 한국 사회의 여러 현상에 대해 퍽이나 매끄럽고 견고한 글쓰기를 이어가고 있는 실체는 무엇일까? 하는 생각에 이르러 나는 가슴을 저미는 창법과 포르투갈 전통 기타의 반주, 아말리아 로드리게스 아닌 어느 남성 보컬이 부르는 코임브라의 파두 '포르투갈의 4월'을 저장해 둔 인터넷에서 접속해 듣는다.

한글 자막으로 흐르는 노랫말을 읽고 가락을 들으면서도 그가 말하는 한은, 사우다지는 어디에 닿아 있을까? 송 교수는 정말 알가베에서 생을 마감할 심사일까? 문재인 정부 초기에 송 교수의 귀국과 관련하여 건넸던 협의 — 라고까지 하기에는 좀 과장이랄 수 있는, 민정수석실의 관련자와 가진 어느 상견례 자리 끝에 넌지시 떠본 의중 정도 — 를 다시 시도해 볼 수 있을까? 이석기 의원을 가석방으로 출소시킨 상황이라면 노무현 정부 때 이뤄진 그의 강제 출국 18년째를 맞아 2기 노무현 정부랄 수 있는 문재인 정부 말기에 불쑥 들이밀 수 있는 이슈로 어떨까? 남북대화 재개와 정전협정의 물꼬를 트고자 진력하는 시점에 북쪽에 건네는 어떤 메시지로써 작용할 파편적 요인은 될 수 있지 않을까? 이런 생각, 저런 상념이 꼬리를 잇는다.

이런저런 논의를 송 교수는 어떻게 받아들일까? 2003, 4년 그 광란의 회오리를 안고 한국을 떠나면서도 '내년 2월 이후 입국이 가능할 것 같'다던 출국장에서의 발언은 진솔한 개인적 희망 사항이었을까? 혹은 강제 출국 이면의 논의로 관계기관으로부터 '입국이 가능할 것'이라는 언질을 받았으되 독일로 돌아가 이모 저모, 앞뒤로 굴려 보고 좌우를 들여다보아도 귀국은 포기해야겠다는 판단이 섬으로써 '미완의 귀향'을 서문에 밝힌 것일까? 나는 피식 헛웃음을 내뱉으며 마구 떠오르는 요런조런 물음을 털어내지 못한다.

다 마신 커피잔을 내려놓는데, 핸드폰이 울린다.

— 지난번에 취소했던 하이델베르크대학 세미나를 연대. 당신도 함께 가는 방법, 없을까?

지방 광역시 소재 국립대에 있는 아내, 추 교수다. 거두절미하고 다짜고짜 내지르는 추정희의 성깔이 드러나는, 특히 꼭 그렇게 해야 한다는 강권이 내재되었을 때의 말투 그대로다. 몇 달 전에도 불쑥 함께 갈 수 있남? 하며 독일 동행 여부를 묻던 세미나였다.

독일 통일의 아버지로 불리는, 하이델베르크대학 출신인 헬무트 콜 수상의 서거 4주년 추모 세미나가 그의 서거일인 6월 17일 전후로 열릴 예정이었다고 한다. '문재인 정부의 한반도 통일 정책의 성과와 추후 과제'라는 발제 한 꼭지가 예정되어 있었으나 코로나19 팬데믹으로 미뤄졌다. 특히, 헬무트 콜의 '정치적 수양딸'로 불리는 메르켈 총리의 퇴진을 앞두고 참석할 수도 있을 거라는, 자못 기대를 모은 세미나가 미뤄져 아쉬움이 크다며 안타까워했던 아내다.

― 여기도 위아래가 있어. 초짜, 막내라고.

논설실로 옮긴 이후 해외 취재에 관한 아이템을 낼 수 있는 위치가 되긴 했고, 좀 당기는 유럽행 혹은 해외 취재이긴 했다. 마니아급 단계라고 자부하던 고물품 분야의 관심에서 벗어나 건축 양식에 새롭게 눈을 떴다. 2015년 송 교수의 베를린 집에 갔을 때 그의 건축에 대한 나름의 견해를 듣고 놀랐던 기억도 나거니와 아무튼, 다양한 건축 양식 중에서도 기후와 풍토, 문화가 스며 있는 오래된 집과 구조에 대한 관심이 새록새록 돋았다. 특히 기후적 극지인 아프리카와 툰드라 지역의 집 구조를 직접 보며 그 느낌을 담아 오고 싶기도 했다. 한옥에 대해서는 몇 차례 글을 쓴 적이 있기도 하다. 대목大木 서넛과 교류를 해오며 그중 절집을 주로 짓거나 고치는 누구는 나처럼 다른 나라, 다른 민족, 다른 기후의 집과 구조에 관심이 적지 않다는 걸 알게 되기도 했다. 전통 가옥과 마을 형성에 담긴 여러 형태의 문화 현상에 천착한 한필원 교수의 주목할 만한 저작(《한국의 전통마을 가다 1, 2》, 북로드, 2004)을 읽고 그동안 열두 곳의 전통 마을 가운데 다섯 군데를 가보기도 했다.

딴은, 논설실에서도 새로운 콘텐츠 개발이 요구되었다. '사설이 잡히면 좋고 안 잡히면 더 좋은 날'이라고 했던 시절에만 매달려 있으면 안 된다고 논설실에서도 자성하는 목소리가 튀어나오고 있었다. 취재 능력을 지닌 일면의 노장들이 현장 취재를 통해 깊이를 더한 생생하고 맛깔스러운 기사가 요망되었다. 타사에서도 시도되고 있는 차제에 집 구조에 관한 현장 취재 기사가 두 차례 나간바, 가독력이 확인되면서 '풍요로운 삶을 담은 – 집과 구조'를 한 달에 한 번 쓰게 되었다. EBS의 '건축 탐구 – 집'이 꽤 높은 시청률을 나타내고 있는 영향도 한몫했다고 여긴다.

― 취재하고픈 거 있다고 했잖아. 기회 아냐?

― 아직 해외 취재 아이템을 들이밀 정도는 아니거든.

― 빅 뉴스를 말하면 안 가고는 못 배길 텐데.

― 학술 세미나에 빅 뉴스는 무슨?

― 송 교수도 한 꼭지를 맡았대. 어때?

북의 모 대학 국제정치학 전공자가 참여하고 남쪽에서는 추 교수가, 그리고 해외 학자로 송 교수가 한 꼭지를 맡게 됐단다. 원래 기획은 아니었지만 늦춰지고 다시 가다듬어 시도하면서 퇴

한상준

임한 메르켈의 참석을 기대하며 기왕 좀 더 다각적인 깊이를 모색하다 보니, 모양새를 갖춰 보자는 취지로 추진되었다고 덧붙인다.

— …….

즉답을 피했다.

송 교수가 발제에 참여한다는 건 확실히 입맛을 돋우는 빅 뉴스이긴 했다. 하지만, 국내 사정이 먼저 그 입맛을 도려냈다. 외국의 일개 대학에서 여는 한반도 문제에 대한 세미나를 소개한들 어느 만큼의 관심도나 파장이 일까? 의문은 당연했다. 유럽에 특파원이 없는 회사에서 외국 대학 주최의 현지 세미나를 소개하기 위해 해외 취재를 보내는 경우는 기대할 수 없는 사안이다. 협찬을 받아 나갈 수 있는 취재는 더욱 아니다. 공영방송사의 해외 취재 기자는 주요국 몇몇 도시에 파견되어 있지만 국내 일간지 소속 유럽 주재 기자는 없어진 지 꽤 된다. 사내의 국제부에서 현지 기사를 받아 중계 기사를 쓰고 있는 형편이다. 뉴스 출처 해당 지역 언어의 번역이 가능한 기자마저 없으면 구글 번역기를 돌리고 있는 상황이다.

신문사의 그런 사정에까지 그다지 밝지 않은 아내는 2004년 송 교수의 강제 출국 시의 동행 취재와 2015년 북유럽 복지 관련 6주간 취재를 기억하며 가능하지 않을까, 여긴 모양이다. 굳이 한다면 유럽 국가와 유럽연합 취재를 주로 맡는 방송사 특파원의 몫일 테다. 비록 한반도 통일과 관련한 세미나 현장 취재라지만 그깟 – 이라고까지 결코 말할 수 없는 한반도, 양 체제의 최대 이슈

임에도 불구하고 20대 대통령 선거를 앞둔 현실이면서도 대선 후보 어느 누구에게서도 한반도 통일에 관한 공약마저 들을 수 없거나 빈약하기 짝이 없으며 차라리 이쪽이건 저쪽에서건 조롱당할 만큼의 조악한 공약이라는 표현을 가능하게 하고 있는 – 취재 아이템을 내밀면 눈치는커녕 염치마저 없는 놈이라는 핀잔만 들을 게 뻔했다.

사실, 하이델베르크와 대학은 2004년 송 교수의 강제 출국 동행 취재 뒤 4주간 머물며 아내, 딸아이들과 그리고 2015년 복지국가 6주간 취재 때 둘이서 함께 가본 기억이 있다. 라인-네카어 강이 흐르는 낭만주의 발상지이기도 해서 다시 가본다고 해도 눈심지를 치켜뜨게 할 만큼 아름다울 게 분명했다. 내 대답이 없자,

– 땡기기는 하지만 수용될 아이템은 아니라는 거야.

라며, 덧붙인다.

– 어느 후보는 선제공격까지 할 수 있다고 공공연하게 발언하는 판이긴 한데.

아내가 이내 꼬리를 내리는 느낌이다.

– 이런 판에 북에서 참여나 할까?

세미나가 기획한 대로 진행되기 어려울 거란 예상이 얼핏 들었다. 코로나19 팬데믹으로 북이 문을 닫은 게 하루 이틀도 아닐뿐더러, 송 교수에 대해서도 결코 전과 같은 예우를 하지 않고 있을 테니, 더욱 그렇게 닿았다.

– 아직까지 그쪽에서 참석이 어렵다고 하지는 않았대. 근데,

모르지.

– 세미나가 언제야?

아내, 추정희의 성깔로 보아 곧일 거라 여긴다.

– 잠깐, 독일에서 문자가 왔어. 다시 할게.

아내가 막 끊으려는 참에 곁들인다.

– 이번 주에도 오지 않아? 둘째 졸업이니까, 저녁이라도 함께 해야지?"

아내, 추 교수의 성질로 보아 곧 세미나가 열리게 되면 집에 오지 않고 곧바로 인천공항으로 갈 거라, 여겼다. 아무려나, 동행할 수는 없지만 송 교수를 만나면 그동안 궁금했던 몇몇 질문지를 들이밀 수 있으려니, 이런저런 물음을 '당신이 건네 보면 좋겠는데' 하며 아내에게 질문지를 쥐어 주려 해도 전화로 조율할 수는 없지, 싶어 한 달에 한 번 집에 오는 것도 어느 때는 두 달에 한 번 오는 적이 없지 않기에 쐐기를 박아 둔다.

– 알았어, 갈게.

막 전화를 끊으려는 아내에게 세미나 관련하여 동행 취재에 대해 회사와 상의해 보겠다고 하건 혹은 세미나 개최 성사 여부에 대한 예상이건, 한 마디쯤 뭐라고 건네야 할 것 같아,

– 그렇…,

뭐라, 더 이으려는데 전화가 끊겼다. 오미크론이 우세종으로 바뀌며 유럽을 다시 강타하고 있는 상황이다. 코로나19 초기에 그러했던 것처럼 봉쇄 조치를 취하는 유럽 국가가 늘고 있는 추세다.

물론, 아내가 모를 리 없을 터다.

더욱이나, 국내적으로는 현재 벌어지고 있는 대선 국면이 암울했다. 북은 계속해서 미사일을 고도화하는 전략으로 나오고 있다. 남쪽의 대선에선 북의 미사일에 대한 대응으로 선제공격만이 답이라고 주장하는 후보가 맹렬히 질주하는 정권교체라는 비등한 여론을 등에 업고 지지율에서 여전히 선전하고 있는 판세이다. 하물며, 한반도 통일을 주제로 한 세미나가, 그것도 외국 대학에서 열린다 한들….

'그렇…,' 다음을 잇지 못하고 통화가 끊긴 뒤 정작, 다음에 뭐라 이으려 했을까, 나는? 사실은 나도 아내에게 무슨 말을 하려고 통화를 이으려 했는지 딴은, 뒤숭숭하고 아리송하다.

송 교수를 떠올렸다. 그는 하이델베르크대학에서 열릴 세미나에 참석할까? 한다면 한반도의 통일에 대해 무어라 진단할까? 포르투갈 알가베에서 한국의 20대 대선 상황을 보며 그는 무슨 생각을 하고 있을까? 3월 9일 이전에 한국의 대선에 대한 그의 통렬한 사유를 지면을 통해 읽을 수는 있을까? 이 부박한 한반도 상황에서 그는 특히, 통일과 관련하여 '그렇지만,' 통일은 여전히 가변적 진행형이라고 할까? 아님, '그렇다면,' 통일은 이제 불가역적으로 멀어졌다고 말할까? 이래저래 헷갈렸다. 리핏해서 듣던 남성 보컬의 애틋한 파두를 끈다.

아내는 다음 날도 전화하지 않았다.

* 청년 전태일을 키워드로 한 소설가 15인의 짧은 소설집 《어느 왼발잡이 토끼의 무덤》(김남일 외, 삶이보이는창, 2011)에 수록된 〈…그 뒤,〉에 '그 후…'를 덧붙여 〈송두율을 만나다〉로 개작하였고, 여기에 '그렇…,'을 이으며 두 번째 개작을 하였습니다.

* 송두율 교수의 입국과 출국, 재판 과정, 강의록과 방문기 등의 내용은 상당 부분 인터넷 자료를 참고, 변용하여 그려낸 것임을 밝힙니다.

페트병

배
명
희

천장과 벽이 맞닿아 직각으로 꺾이는 곳이 손바닥만큼 젖어 있다. 신음처럼 탄식이 나왔다. 집을 보러 왔을 때 주방과 화장실 수도꼭지를 비틀어 물이 시원하게 나오는지, 보일러는 잘 작동하는지를 물었다. 창과 문짝이 뒤틀리지 않았나 살폈다. 재건축을 앞둔 아파트라 모든 게 허물어지고 있었다.

집주인이 도배해 준다고 생색낸 게 이것 때문이었나, 의심했다. 주인을 직접 만나지는 못했다. 임대계약서에 도장을 찍기 전 등기부로 소유주를 확인해 전화 한 게 전부였다. 모든 절차는 부동산 업자와 이뤄졌다. 불안했지만, 워낙 집세가 쌌고, 집주인 대신 부동산 업자가 집을 관리한다니 믿을 수밖에 없었다. 재건축이 시작되면 이사 비용을 요구하지 않고 집을 비우는 조건이었다.

얼룩진 천장을 보면서 아둔한 셈법을 탓했다. 당장은 전세금이 싸 이익인 듯했으나 멀리 보면 그렇지 않았다. 기간을 꽉 채운다 해도 결국 이사를 해야 했다. 이사 비용과 소개비가 나갈 테고 발품도 팔아야 했다. 조금 비싸더라도 오래 살 수 있는 집을 얻는 것이 나았다. 한 집에서 계약을 연장하는 것이 바람직했다. 왜 이제야 이런 생각이 드는지.

냉장고를 열어 물병을 꺼냈다. 후회할 게 아니라 수습하는 게 먼저였다. 물컵을 식탁에 놓고 전화기를 들었다. 부동산 업자는 한참 만에 전화를 받았다.

"천장에서 물이 새요."

"아, 그거요."

부동산 업자는 대수롭지 않다는 듯 말한다.

아침마다 베란다에서 집 앞의 숲을 본다던 이 집에 살던 젊은 여자도, 한 차례 통화만 했던 집주인도 알고 있었구나. 천장에 물이 새는 것을.

"위층 주인이 수리한다고 했어요."

달리 할 말이 없었다. 전화를 끊고 나서야 언제 공사할 것인지 묻지 않았다는 것을 깨달았다. 다시 전화를 걸려다 극성스러운 것 같아 그만두었다. 오래 끌지는 않을 것이라 믿었다. 베란다로 나갔다. 아파트 재건축과 함께 조각공원으로 조성된다는 베란다 너머 숲은 연둣빛을 띠고 있다.

오래된 아파트에서는 퇴락의 냄새가 났다. 깨진 유리문을 방치하거나, 접착 테이프로 어설프게 고정해 놓은 집이 태반이었다. 베란다 난간 철제는 검은 칠이 벗겨져 제 몸에서 나온 녹에 먹히는 중이었다. 빈집에는 버림받은 가구가 먼지와 함께 나뒹굴었다. 무성한 나무가 무언가 숨어 있을 것 같은 집을 가려 주지 않았다면 선뜻 이사할 생각을 하지 않았을 것이다. 신부의 슬픈 얼굴을 가리는 베일처럼 잎 많은 나무가 아파트 단지를 에워싸고 있었다.

집은 단지의 맨 안쪽 끝자락이었다. 키 큰 나무가 삼층 베란다를 지나 하늘로 가지를 뻗고 있다. 낡은 집만큼 나이 먹은 나무가 울타리 대신 아파트 경계선에 가로수처럼 줄지어 있다. 베란다 난간에 팔꿈치를 얹고 숲을 보았다. 여린 풀 냄새가 섞인 바람이 코끝을 지나갔다. 새 울음과 날갯짓 소리가 작은 물방울처럼 흩어진다. 숲 가장자리 빈터에 고랑이 몇 줄 생겨났다. 호미 자국이 가지런했다. 어제까지도 검정 비닐이 널려 있던 땅이었다. 누군가 새벽에 텃밭을 만든 모양이었다. 지방 소도시인 것이 실감났다. 불과 며칠 사이에 서울이 아득해졌다.

물이 새는 천장 따위 수리하면 될 일이다. 낡은 파이프를 잘라내고 새 파이프를 연결하면 감쪽같을 것이다. 젖은 벽지에 덧댈 여분의 벽지도 있었다. 새것도 언젠가 망가진다. 세상 모든 존재의 운명이었다. 하물며 재건축을 기다리는 아파트였다. 기우고 잘라 붙인들 표시도 나지 않을 것이다. 하지만, 다른 삶을 살려고 온 곳이다. 첫날부터 물 새는 천장을 만나다니. 세상을 알 만큼 나이를 먹었다고 생각했는데 아닌 모양이다.

얼룩은 날마다 손바닥 하나만큼 면적이 커졌다. 일주일이 지나자 급기야 물주머니처럼 아래로 늘어졌다. 젖은 벽지가 풍선처럼 부풀어 올랐다. 식탁 의자를 끌고 와 올라섰다. 손가락으로 조심스럽게 찔렀더니 물풍선이 반대쪽으로 밀렸다. 다행히 벽지가 질겨 금방 찢어질 것 같지는 않아 보였다. 당장 전화 하고 싶었지만 새벽이었다. 젖은 천장 아래 장식장을 먼저 치워야 할 것 같았다. 물주머니가 터지면 장식장과 안에 든 물건도 성치 못할 것이었다.

오래된 사진첩과 액자를 치우고, 언젠가 이국의 공항에서 산 유리로 만든 고양이 한 쌍을 꺼냈다. 두 마리 모두를 한 손바닥에 얹을 정도로 작았다. 하나는 핏빛이고 나머지는 진초록이다. 유리가 아니라 보석인가 할 정도로 빛났다. 고양이는 금방이라도 달려갈 자세다. 어디로 가려는 거지? 물었던 이가 누구인지 기억이 가물거린다. 너무 오래전이었다. 누가 말했든 그건 중요하지 않았다. 누군가 쥐 잡으러? 라고 대답했고, 또 다른 누구는 요즘 고양이는 쥐를 잡지 않아, 라고 대답했다. 심지어 쥐와 고양이가 사람들이 없는 곳에서는 서로 어울려 논다고 우겼다. 모두 조금 웃었던 기억이 났다. 천적이라는 개념을 간과하는 무지보다 날카로운 이빨로 쥐를 씹어 먹는 고양이를 상상하지 않는 게 낫다고 생각했던 것 같다. 폭력과 야만이 횡행하던 시절이었으니까. 과거의 장면이 지워지듯 장식장이 비었다.

키 큰 나무 사이로 보이는 하늘이 무성해지는 녹색 이파리에 조금씩 자리를 내주고 있다. 설거지하다 고개를 들면 서향인 부엌 창을 통해 놀이터가 보였다. 볕이 쨍쨍한 날은 일층 노파가 미끄럼틀에 올라 볕에 널어놓은 신발을 뒤적였다. 아이들이 사라진 놀이터에 플라스틱 빨랫줄을 매놓았다. 색색의 이불이 경쟁하듯 빨랫줄에 걸린 것을 보면 뜨거운 햇빛에 속살 뒤집은 이불을 널고 싶은 충동이 일었다. 건조하고 따스한 공기를 눅눅한 이불에 미어지게

배명희

불어넣고 싶었다. 녹슬고 삭아 너덜대는 철봉 끝에 매달렸던 햇살이 지쳐 떨어지면 마음도 함께 저물었다.

관리소에서 직원이 온 것은 길쭉한 창을 통해 낡은 작업복을 너는 노파를 훔쳐볼 때였다.

"위층에서 물을 쓰면 물주머니가 커져요."

"언제부터 이랬어요?"

관리소 직원이 물었다.

"일주일 전인가?"

관리소 직원을 따라 위층에 갔다. 직원이 주먹으로 사층 현관문을 두드렸지만, 반응이 없었다.

"새벽에 나가 밤늦게 오는지 사람을 통 만날 수가 없어요."

이미 몇 차례 와 봤다고 말했다. 관리소 직원은 복도 벽에 붙은 수도 계량기함을 열었다. 가장자리가 톱니바퀴처럼 생긴 작은 단추가 있었다. 잘 보이지 않아 눈을 가까이 대고 살펴보았다. 톱니바퀴 모양의 빨간색 단추가 느리게 돌고 있었다.

"사람이 없는데 돌고 있죠? 누수예요. 속도를 보니 배관 어딘가에 미세한 금이 간 것 같군요."

"관을 교체해야 하나요?"

"워낙 오래된 건물이라. 운이 좋으면 가끔 금이 간 곳을 이물질이 메꿔 물이 새지 않기도 하긴 하는데…."

재건축을 앞둔 집인데 돈 들여 낡은 관을 고치는 게 비합리적이라고 말하고 싶은 걸까. 요행을 바라는 직원의 말투가 어딘가 석연

찮았다. 낡은 단지지만 천 세대에 가깝다. 빈집도 있지만, 여전히 많은 집이 관리비를 내며 살고 있었다. 재건축 일정은 딱히 정해진 것도 아니었다. 일 년 후가 될 수도 있지만, 더 오래 걸릴 수도 있었다. 직원은 관리소가 누구를 위해 일하는 곳인지 모르는 것 같았다.

"천장에서 물이 쏟아지기 전에 고쳐야 할 것 같아요. 사층 주인 전화번호 알려주세요."

개인정보 보호 때문에 전화번호를 줄 수 없다고 한다. 대신 관리소에서 집주인에게 전화하겠다고 했다. 피해자에게 알려주는 것은 경우가 다르지 않나, 생각했지만 빨리 수리할 수 있게 해달라고 했다. 며칠 지나자 얼룩은 방석 두 개로도 가리지 못할 만큼 커졌다. 집주인에게 알렸다고 하니 더는 관리소에 책임을 물을 수도 없었다. 몇 차례 위층에 올라가 문을 두드렸지만 그럴 때마다 비어 있었다. 무성해진 나무 사이에서 방범등이 밤마다 불을 밝혔고, 주황색 불빛이 아파트 단지를 안개처럼 떠다녔다.

누군가 계단을 밟는 소리가 들렸다. 현관문에 귀를 붙였다. 발소리가 멈추고 열쇠를 돌리는 소리가 희미하게 들렸고, 문이 열리고 닫혔다. 시곗바늘이 천천히 움직였다. 초조하게 기다리는 몇 분이 한 달만큼 길게 느껴졌다. 더는 참지 못하고 현관문을 열었다. 계단에 나서자 갑자기 복도가 밝아졌다. 사층으로 오르는 계단을 밟자 센서등이 꺼지고 캄캄해졌다. 사층 현관 앞에 서기 전까지 쇠난간을 잡고 더듬거리며 계단을 올랐다. 어둠 속에서 갑자기 뭔가 튀어나올 것 같아 심장이 쿵쿵 뛰었다. 급히 계단을 올라 사층 집 앞에 서자, 복도가 다시 환해졌다. 몇 번 문을 두드리고 벨을 눌렀는데도 기척이 없었다. 분명히 누군가 들어가는 소리가 났다. 오층을 사층으로 착각했나? 생각했을 때 벌컥 문이 열렸다. 뒤로 한 발 물러설 정도로 놀랐다.

조도가 낮은 복도에 비해 집안은 형광 조명을 밝힌 어항 속처럼 환했다. 상체를 드러낸 남자가 반바지를 입고 서 있었다. 맨살을 드러낸 남자의 몸은 갈색에 가깝다. 숄을 두른 것처럼 어깨 부근이 멍투성이였다. 눈 둘 곳을 찾으며 생각했다. 피부색이 짙은데 어떻게 저런 흔적이 남은 것일까? 피가 맺힌 것처럼 검붉은 자국이 남자의 어깨를 칭칭 감고 있었다.

"안방 천장에서 물이 새요. 점점 많이요. 집주인 전화번호를 알 수 있을까요?"

당황해 말을 떠듬거렸다. 인사말도 하지 않은 채였다. 천장을 보며 조바심치고 화내는 장면을 본 적 없으니, 무례한 방문자로 여길까 염려됐다. 보상받을 권리가 있는 것처럼 행동한다고 오해할지 모른다고 생각했다. 어색한 침묵이 지나갔다. 남자가 천천히 말했다.

"한국말 몰라요."

안도와 실망이 기묘하게 교차했다.

"다른 사람은 없어요? 혼자 살아요?"

현관에 여러 켤레의 작업화와 목이 긴 장화, 흙먼지가 잔뜩 묻은 운동화가 아무렇게나 놓여 있었다. 남자의 어깨 너머로 재빨리 집안을 훑어보았다. 멍든 어깨 너머에 문 열린 화장실과 주방 싱크대 일부가 보였다. 삼층과 같은 구조였다.

"한국말 못 해요."

남자는 알아듣지 못하면 큰일이다 싶은 표정으로 반복했다.

"아래층에 살아요. 이 밑에."

검지로 바닥을 가리키며 천천히 말했다. 쌍꺼풀이 진 커다란 눈에 선량한 미소가 담겼다. 당신이 누군지 늦은 시간에 내게 뭘 원하는지 모르겠다, 그런 의미일까. 영어로 아래층에 살고 있다고 천천히 말했다. 발음이 나쁜지 남자의 언어가 아니었는지 알아듣지 못하는 눈치였다. 하긴 그가 영어를 해도 문제였다. 어디 출신이냐? 여기서 뭘 하고 있니? 묻고 나면 바닥이 드러나는 영어 실력이다. 몸짓과 손짓, 영어 단어 몇 개로 겨우 알아낸 것은 그의 이름과 이 집에 다섯 명이 함께 살고 있다는 사실이었다.

"방해해서 미안하다. 집주인과 연락해야 하는데 방법이 없다."

무례한 행동을 설명하지도 못하고 돌아섰다. 우수이, 아니 웃소이인가? 남자의 낯선 이름은 그렇게 들렸다. 이십대 후반이나 서른쯤으로 보였다. 피부색이 짙은 외국인이라 나이를 짐작하기 쉽지 않으니 틀릴 수도 있다.

소득 없이 계단을 내려왔다. 집 앞에 서자 센서등이 한 박자 늦게 켜졌다. 디지털 키 번호를 눌렀다. 불이 꺼지기 전에 문을 열려고 서둘렀다. 도어체인을 걸고 평소에 사용하지 않는 잠금장치까지 걸었다. 이렇게 좁은 집에 남자 다섯이 살 수 있다고 생각해 보지 않았다. 형광등 스위치를 올리고 안방과 주방을 돌며 집안의 모든 전등을 켰다. 바깥은 땅속처럼 까맸다. 함부로 자란 나무가 사방으로 뻗어 갔다. 나무는 집안으로 들어와 모든 것을 움켜잡고 싶어 하는 것 같다. 위층에서 무언가 바닥에 떨어지는지 둔탁한 소리가 벽을 통해 전해졌다.

두려운 것은 창밖의 어둠도 혼자 있는 공간도 아니다. 홀로 맞닥뜨려야 하는 미래가 아닐까. 누구에게나 예측할 수 없는 시간이 있었다. 삶의 정점을 넘어선 사람이라면, 가진 게 별로 없는 인간이라면 결코 마주하고 싶지 않은 훗날이다.

식탁 등만 남기고 잠시 켜두었던 집안의 불빛을 모두 죽였다. 머릿속에 들어차는 불안을 떨치려고 애를 쓸수록 위층 남자가 어른거렸다. 어떻게 멍이 든 걸까 궁금했다. 얼굴이 가려진 다른 네 명의 외국인 노동자. 무성한 잎에 가려진 조도가 낮은 방범등과 은밀히 숨어 있는 빈집들. 머리카락을 쓸어 올렸다. 몇 번이나 현관문 손잡이를 비틀어 보았다. 헐거웠지만 견고하게 잠겨 있다. 금방 도망이라도 칠 것처럼 이방 저방 서성대다, 더는 젊은 여자가 아니라는 생각에 얼굴을 붉혔다.

밤이 깊어지면 누군가 집 앞을 서성대는 기척이 들렸다. 계단을 밟는 소리가 들리지 않을 때까지 숨을 죽였다. 숨이 막힐 지경이 되어 한꺼번에 숨을 몰아쉬기도 했다. 더는 위층에 가지 않았다. 물체를 감지하고도 켜지기를 망설이는 계단의 센서등을 믿지 않았다. 계단참은 어두웠고 해가 지면 동굴처럼 캄캄했다. 슈퍼마켓이나 책을 빌리러 도서관에 갔다가 늦어지면 조바심이 났다. 베란다 밖에서 무질서하게 흔들리는 숲이 여전히 초록일 때 문을 잠가야 안심이 되었다. 검은 숲이 점령군처럼 베란다를 타고 넘어 들이닥칠 것 같았다. 석양이 사라지면 커튼을 쳐 꼼꼼히 창을 가렸다.

눈을 뜬 것은 한밤이었다. 무성한 숲과 키 큰 나무에 싸인 집은 물속처럼 어둠이 고여 있다. 무언가 벽을 타고 내려오는 것 같은 소리. 온몸에 소름이 돋았다. 근육이 졸아들고 손끝 하나 움직일 수 없었다. 낡고 허물어지는 집에서 잠을 깼다는 사실을 깨달았다. 머릿속에서 검은 물이 한꺼번에 쓸려 나갔다. 벽을 더듬어 급히 전등 스위치를 눌렀다. 이제 더는 함부로 비명을 지르지 않았다. 황급히 화장실로 달려갔다. 수납장에 있던 수건을 몽땅 꺼냈다. 바닥에 흥건히 고인 물은 연체동물의 다리처럼 침대 밑으로 길게 이어져 있다.

수건 몇 개로 해결될 일이 아니었다. 서랍장을 열어젖혔다. 이사할 때 정리를 한 터라 물을 닦아낼 헌옷가지는 없었다. 벽을 따라 천장을 타고 오르는 물줄기를 보았다. 불룩하게 늘어져 있던 물주머니가 홀쭉했다. 벽과 천장의 이음새가 벌어져 있었다. 만약 종이가 찢어져 물주머니가 터졌다면 장식장은 물론이고 침대에까지 누런 물이 튀었을 거다. 망설이다 덮고 자던 얇은 이불을 고인 물 위에 던졌다. 하얀 이불이 금방 누르스름하게 변했다. 자락을 당겨 남은 물을 마저 닦았다. 화장실을 들락거리며 수습하고

배명희

나니 자정이 넘었다. 위층에 올라가 문을 두드려야 하나 고민했다. 안방 창을 열고 귀를 기울였다. 다섯 명의 이방인이 물을 사용하는 동안 금이 간 파이프로 물이 새 아래층을 덮쳤고, 남자들은 잠에 빠진 모양이었다.

물기를 짠 수건으로 벽을 꾹꾹 눌렀다. 당장 벽지를 뜯고 싶었다. 전기포트에 물을 끓였다. 터널 같은 시간을 보내려면 커피라도 내려야 할 것 같았다. 텔레비전을 켰다. 딴 세상을 기대하며 리모컨을 눌렀다. 푸르스름한 물결이 밀물처럼 몰려왔다.

핸드폰으로 벽과 천장을 찍어 부동산 업자에게 보냈다. 효과가 있었는지 더는 물이 새지 않았다. 며칠이 지나자 벽지가 말라붙었다. 물주머니처럼 늘어졌던 천장은 온전히 제 모양을 찾지 못했다. 누렇게 변색이 된 종이가 천장과 분리되어 들떠 있다.

위층 주인이나 부동산 업자, 누구도 연락하지 않았다. 벽지를 발라 줄 것을 기대하지 않았다. 물이 새지 않는 것만도 다행이다. 손바닥으로 쭈글쭈글한 벽지를 쓸어 보았다. 새로 덧대 발라도 좋을 만치 말라 있었다. 이사를 들어올 때 바르고 남은 벽지를 얼룩이 진 크기만큼 잘라냈다. 천장을 바르는 것은 만만치 않았다. 의자 위에서 발뒤꿈치를 들고 손이 닿는 부분까지만 덧댔다. 완벽하게 하고 싶었지만, 키가 닿지 않았다. 얼룩이 약간 보였지만 고개를 쳐들고 자세히 보지 않으면 눈에 띄지 않을 정도였다. 찾아올 사람도 없었다. 언제까지 머물지 알 수 없었다. 바닥에 흥건하던 물을 닦아낸 탓에 누렇게 변해 버린 이불을 내다 버렸다. 세탁

하면 겉은 깨끗해질 것이지만 물이 스몄던 속이 어떨지는 알 수 없었다. 절대 버리지 않을 것 같은 것이 하나씩 없어졌다. 이불과 함께 과거의 한 귀퉁이가 떨어졌다. 혼재하던 삶의 기억은 차츰 성글어지고 옅어졌다. 몸뚱이도 빨리 쪼그라들었으면 싶었다. 이즈음 많은 것이 순해진 느낌이다. 소도시로 이사를 한 탓인가. 어쩌면 나이가 주는 선물일지도 모른다고 생각했다.

공기가 눅눅했다. 장마가 시작되었다. 잎이 무성한 나무 뒤로 퍼즐 조각처럼 조각난 잿빛 하늘이 배경으로 박혀 있다. 사방이 어두워지더니 유리창에 모래를 뿌리는 것 같은 소리가 났다. 빗줄기는 순식간에 굵어졌다. 비가 바람을 몰고 왔다. 멀리서 무언가 부서지는 소리가 들렸고 푸른 섬광이 보였다. 검은 비로 꽉 찬 세상이 한순간 밝아졌다. 요란한 빗소리가 사방에 넘쳤다. 잠깐 사이 들이친 비에 바닥이 흥건하다. 서둘러 베란다 문을 닫았다. 구석에 두었던 흔들의자를 끌고 왔다. 고동색 윤이 나는 팔걸이에 양팔을 얹고 등을 펴면 침대에 누운 것처럼 편했다. 흔들의자는 군데군데 칠이 벗겨지고 낡았지만 버리지 않고 끌고 다니는 물건 중 하나였다.

그 집에서는 시간도 바람도 고체로 존재했다. 의자는 늘 현관을 향해 놓여 있었다. 조금이라도 방향이 틀어지면 언짢았다. 오랫동안 무엇을 기다렸는지 이젠 기억도 나지 않는다. 헛된 욕심. 무거운 침묵 속에는 아무것도 없었다. 먼지 한 톨조차 바닥에 떨어지지 못하고 허공에서 부유했다. 어쩌다 작은 소리라도 나면 소스

배명희

라치게 놀랐다. 정신을 차리고 주위를 살폈다. 알고 보면 대부분 낡은 의자가 몸무게에 눌려 내는 소리였다. 그렇게 백 년이라도 견딜 수 있을 것 같은 날이었다.

유리창에 부서진 비는 눈물처럼 흘렀다. 무성한 나뭇잎은 진주 같은 물방울을 머금었다가 한꺼번에 떨어뜨렸다. 검은 숲이 바람에 따라 흔들리며 번들거렸다.

어둑한 집에 희미한 빛이 비껴든다. 누군가 빛을 등지고 서 있다. 부서진 물건의 잔해가 발 디딜 틈도 없이 널렸다. 인간의 목에서 나오는 것이라 여겨지지 않는 비명. 야수의 손아귀에 짓눌린 성대를 통해 간신히 새 나오는 신음. 미끈거리는 차가운 손이 온몸을 더듬는다. 꿈을 꾸는 줄 알고 있었다. 눈을 뜨면 사라져 버릴 악몽. 눈을 떠. 안간힘을 다해 다그친다. 깨어나는 것조차 의지대로 할 수 없다. 꿈에서도 늘 슬펐다. 분노할 힘은커녕 눈을 뜰 의지조차 없다니. 꿈을 깨는 대신 도망갈 곳을 찾았다. 깨진 유리 조각이 즐비한 바닥을 본다. 깨진 유리가 창처럼 바닥에 박혀 있다. 유리가 없는 곳을 골라 발을 옮긴다. 발을 옮길 때마다 번득이는 칼날 같은 단면이 발을 가른다. 예리한 칼로 심장을 써는 것 같다. 발에서 흐른 피가 흘러 점점 차오른다. 발목을 적신 피는 무릎을 오른다. 피의 연못이다. 있는 힘을 다해 소리 질렀지만, 어둠이 무너진 터널처럼 목구멍을 막았다.

몸부림을 치다 낡은 의자에서 잠을 깼다. 잠깐 낮잠이 든 모양이다. 손가락도 움직일 수 없었다. 늘 같은 꿈. 푸른 정맥이 손등에 거미줄처럼 얽혀 있다. 빗물이 흐르는 유리창을 멍한 눈길로 보았다. 비에 젖은 나무가 허우적댄다. 사물의 윤곽이 허물어져 있다.

빠른 속도로 무언가 떨어졌다. 누군가 허공으로 몸을 던졌다고 생각했다. 눈을 감았다. 삼층 베란다를 통과해 바닥에 떨어지는 길을 가진 곳은 사층이나 오층뿐이다. 부들부들 떨면서 겨우 눈을 뜬 후, 착각이라는 것을 깨달았다. 몇십 년 덩치를 키운 나무가 굵은 팔로 이불을 잡고 있었다. 베란다 문을 열고 손을 길게 뻗으면 닿을 수 있는 거리였다. 굵은 빗줄기에 이불은 빠르게 젖었다. 이불을 걸어야 할지 그냥 버려 둬야 할지 결정할 수 없었다.

망설이는 사이 날카로운 쇳조각을 서로 긁는 것 같은 소리가 들렸다. 제풀에 못 이겨 숨이 넘어갈 것처럼 고함은 길게 꼬리를 남기며 헐떡거렸다. '돈, 은혜, 나가', 라는 낱말과 욕설이 섞인 말이 뱀처럼 기어와 귀에 걸렸다. 베란다 난간에 허리를 기대고 반쯤 몸을 밖으로 빼고 올려다보았다. 위층 베란다 구조물 바닥이 시야를 가렸다. 머리와 어깨가 금방 비에 젖었다. 복도 계단에서 쿵쾅대는 소리가 났다. 무언가 계단으로 떨어지는 둔탁한 소음. 낡은 집이 장맛비에 무너지나 덜컥 겁이 났다. 벽체가 부르르 떨었다. 있는 힘을 다해 현관문을 세차게 닫은 모양이다.

손바닥 크기만큼 현관문을 열었다. 검은 가방이 문을 가로막고 있었다. 바퀴 달린 커다란 여행가방이었다. 위층으로 오르는 계단에 누군가 질질 끌려 내려왔다. 우수이의 검은 눈에 슬픔과 분노와 표현할 길 없는 공포가 서려 있었다. 한 뼘쯤 열린 문 사이로

배명희

우수이의 멱살을 틀어잡은 여자를 보았다. 우수이는 양손으로 난간을 잡고 있다. 여자에게 질질 끌려오던 우수이는 고통스러운 표정으로 계단에 주저앉았다. 눈물 젖은 얼굴을 감추려는지 고개를 숙였다. 우수이의 상의 속에 감춰진 자줏빛 멍 자국이 궁금했다. 평생 사라지지 않을 것 같은 흔적이었다.

우수이의 목을 단단히 틀어쥔 여자는 소매 짧은 아웃도어 상의를 입었다. 드러난 팔뚝이 다부졌다. 다부진 체격의 여자는 비키지 않고 뭐해. 그런 눈으로 쏘아봤다.

가방이 문 뒤에 버티고 있어 현관문은 반만 열리다 말았다. 현관문을 밖으로 완전히 밀거나, 당겨 문을 닫아야 아래층으로 가는 통로가 생길 수 있다. 허리까지 오는 여행가방이 문 여는 것을 방해해 세 사람은 갇힌 꼴이 되었다. 아무도 빠져나갈 수 없는 것을 깨닫고 서로를 보았다. 노랑과 주황색이 옆구리에 아가미처럼 붙은 등산복을 입은 여자가 계단 위를 향해 소리쳤다. 여자의 고함은 계단식 복도에 사이렌처럼 울려 퍼졌다.

"빨리 안 오고 뭐해! 이 더러운 새끼를 끌고 나가 쫓아버리란 말이야."

사층 계단에서 남자가 빈 페트병을 발로 차며 내려왔다. 수십 개의 빈 생수병이 남자의 발길질에 벽으로 날아가거나 계단에 튕겨 텅텅 소리를 냈다. 계단 중간 춤에서 남자는 허리를 굽혀 빈 물병을 집어 들더니 우수이에게 달려들면서 그의 머리를 내리쳤다. 우수이는 양손으로 머리를 감싸며 어눌하게 외쳤다.

"때리지 마요. 아파요."

"처먹었으면 버려야지 빈 병을 왜 집구석에 모아 두냐고. 돼지 새끼야."

빈 생수병으로 때리는 게 성에 차지 않은지 남자는 생수병을 내던지고 주먹을 휘둘렀다. 몸을 움직이기도 힘든 좁은 곳에서 남자와 여자가 동시에 우수이에게 달려들었다. 문을 잡은 손이 떨렸다. 문을 닫을 수도, 그들을 말릴 수도 없었다. 악몽을 꿀 때처럼 말조차 나오지 않았다. 복도에 알아듣지 못할 애원과 고통의 신음이 넘쳤다. 누군가 문 뒤에 버티고 선 큰 가방을 치운다면 이들을 계단 아래로 밀어 버릴 수 있을 텐데. 두려움이 도망칠 곳을 찾아 두리번댔다. 아무도 내다보지 않았다. 모두 문 뒤에서 숨을 죽인 채 귀를 대고 있는 것 같았다. 인간으로 남으려는 우수이의 절규가 빗소리에 묻혀 곤두박질쳤다. 그들이 돌연 공격의 대상을 바꿔 문을 열어젖히고 쳐들어올까 두려웠다. 폭력은 정점을 찍지 않으면 멈추지 않았다. 전염병처럼 옮겨 가기도 했다. 도망치려고 현관문을 당겼다. 헐거운 손잡이가 덜컥댈 뿐 문은 꿈쩍도 하지 않는다.

"일 못 하겠으면 너희 나라로 꺼져! 뭐, 다른 공장으로 간다고?"

노랑과 주황이 섞인 등산복을 입은 여자가 우수이에게 악다구니 썼다.

"공장을 옮기게 도장 찍어 달라고? 이 쌍놈의 새끼가 누굴 망치려고."

웅크린 우수이의 등을 군화처럼 견고한 작업화가 몇 번이나

배명희

내리찍는다. 우수이는 물 밖으로 튕겨 나온 물고기처럼 소리 없이 입을 벌렸다 다문다. 우수이의 검은 눈에 호수처럼 맑은 눈물이 고였다.

손쓸 사이도 없이 과거의 시간이 우수이의 눈 속으로 뛰어들었다. 빈 병처럼 나뒹굴던 영혼. 도망은커녕 장마에 떠내려가는 나무토막처럼 흔들리던 날들. 우수이의 젖은 눈동자 속에 겁에 질려 떨고 있는 여자의 얼굴이 들어 있다. 뒷걸음질쳐 집안으로 들어갔다. 부들부들 떨리는 손으로 식탁에 올려둔 핸드폰을 집었다. 숫자는 좀처럼 찍히지 않았다.

늘 도망을 쳤다. 누군가 신호등처럼 길을 터주면 허둥지둥 건넜다. 숫자 속으로 피하는 법을 알지 못했다. 몇 번이고 거듭 숫자를 찍었다. 기계음이 건조한 소리로 '없는 길입니다. 확인 후 다시 길을 찾으세요.'라고 반복했다. 애벌레처럼 몸을 말고 있는 우수이를 향해 소리쳤다. '도망가. 멀리. 다시는 돌아오지 마.' 꿈속인 듯 소리는 나지 않고 입만 벙긋거린다.

일층 노파가 경찰과 나타나지 않았다면 폭력은 끝도 없이 이어졌을 것이다. 경찰이 우수이와 등산복을 입은 여자와 여자의 남편을 경찰차에 태우고 비 오는 거리를 달렸다. 그들이 떠난 아파트 계단에는 빈 생수병이 굴렀다. 노파가 허리를 굽혀 생수병을 주워 모았다. 내키지 않았지만, 노파를 도와 빈 병을 함께 주웠다. 양팔 가득 빈 통을 안고 망설였다. 복도에 두기엔 너무 많았다. 어두운 밤에 누군가 페트병을 밟고 계단을 구르기라도 한다면 크게 다칠 것 같았다. 우선 집에 두었다가 비가 그치면 내다버리자고 생각했다. 비닐봉지를 찾아 빈 병을 담았다. 넘치는 페트병을 주방 벽을 따라 나란히 세웠다.

빈 병을 왜 모아 두었을까? 궁금했다.

줄을 맞춰 길게 세우니 좁은 집이 설치미술 전시장이 된 것 같았다.

이렇게까지 해야 하는지 점점 불편해졌다. 빈 페트병을 다 치운 노파가 집안을 기웃거렸다. 노파는 돌아갈 생각이 없어 보였다.

내키지 않았지만 식탁 의자를 빼주고, 냉장고에서 과일을 꺼냈다. 차를 끓일 동안 노인은 베란다로 나가더니 나무에 걸려 비를 맞고 있는 이불을 걷어 들였다. 베란다에 둔 빨래 건조대를 펼쳐 젖은 이불을 널었다.

사과를 깎아 접시에 보기 좋게 놓았다.

"사층에서 떨어졌어요."

"올 거야. 사장이 도장을 안 찍어 주면 직장을 못 옮겨."

과일을 오물거리는 노파의 입가에 주름이 자글거렸다.

"집값이 너무 올랐어. 여기서 받은 돈으로는 갈 데가 없어. 쫓겨날 때까지 살아야지. 방법이 없다고."

말없이 들어주는 것이 좋았던 것일까. 몸집이 작은 노파는 백 년 만에 잠을 깬 사람처럼 말을 쏟아냈다. 우수이를 구타하던 부부는 사층 집주인이었다. 거기 사는 다섯 명의 외국인은 부부가 경영하는 소규모 철근 공장에서 일하는 노동자였다.

배명희

"이런 아파트가 열 채가 넘는다고도 하고 다섯 채라는 소문도 있어."

"직원들에게 기숙사처럼 집을 주는 건가요?"

주먹을 휘두르던 부부를 떠올리며 의외라고 생각했다. 노인은 주름진 입을 삐죽거렸다.

"숙소는 무슨. 한 사람당 십만 원도 넘게 받으니 월세가 오십인 셈이지. 관리비는 따로 내고. 다른 집은 한 달에 삼십이야."

"딴 집을 빌리지 왜 여기 살아요? 외국인이라 물정이 어두운 가요?"

노파는 빈 포크를 휘둘렀다.

"외국인이라도 알 건 다 알아. 사람 사는 곳은 어디든 비슷하 거든."

노파는 외국인 노동자들의 체류 자격이나 체류 기간이 끝난 후 재허가를 받는 과정을 잘 알고 있었다. 검은 숲의 모든 비밀을 아는 것 같은 말투였다.

천장에서 물이 새지 않는 까닭을 알게 되었다. 상수도관을 고치는 대신 물을 쓰지 못하게 한 것이었다. 물이 들어오는 상수관에 금이 갔는데, 수리하는 대신 막아 버렸다고 했다. 가끔 사층 남자들이 윗몸 맨살을 드러낸 채 놀이터 한구석에서 페트병을 거꾸로 들고 서로에게 물을 부으며 장난치던 모습이 생각났다. 그럴 때면 몸을 숨기고 부엌 창 가장자리에 눈을 갖다 붙이고 훔쳐보았다. 놀이를 마치고 그들이 가버리면 놀이터에 젖은 모래가 검은 얼룩으로 남았다.

"조금이라도 더 머물러 돈을 벌려고 참는 거야."

소동은 늘 반복된다고 했다. 노파가 금방 경찰과 나타난 것이
이해되었다.

"내 아들도 그 공장에서 일했어. 무거운 쇠기둥이나 쇠뭉치를
옮겼지."

가늘어진 빗줄기가 조용히 떨어지고 있었다.

"어깨에 멍이 떠날 날이 없었어. 사람 몸뚱이가 쇳덩이도 아닌
데 남아나나? 허리가 망가져서 공장을 나왔지."

"지게차를 두고 왜 사람에게 무거운 쇠기둥을 나르게 시켜요?"
여자가 의아한 얼굴로 물었다.

"짐승처럼 부려야 유순해져서 다루기가 쉽다나."

노파의 아들처럼 우수이는 허리를 다쳤고, 공장을 옮기려 하자
일이 벌어졌다고 노파가 알려주었다. 노파의 아들은 건설 현장에
서 일하는데 오늘은 비가 와 집에 있다고 했다. 새벽에 일 나가는
노파의 아들을 창 너머로 본 적 있었다. 노파가 놀이터의 햇볕에
말린 깨끗한 작업화를 신고 있었다. 등이 넓고 키가 큰 남자였다.

"우리 집에서 저녁 먹지 않으려오? 김치뿐이긴 하지만."

무언가에 얻어맞은 듯 얼떨떨했다. 만난 지 겨우 두어 시간, 잠
시 이야기를 나눈 것뿐인데.

"나중에요. 다음에요. 좀 있다가요."

누구와 마주 앉아 밥을 먹은 것이 언제인지 기억조차 나지 않

왔다. 빈집에서 종일 서성이다 어두워지면 일어났던 자리에 다시 누웠다. 그런 날이 평생 지속되었던 것 같았다.

"그냥 밥 한 끼 같이 먹자는 말이야."

노파는 주름진 입을 조금 벌려 웃었다.

"사층 애들도 우리 집에서 자주 밥을 먹었어. 밥 먹는데 물 받으러 오면 그냥 보낼 수가 있어야지."

"물?"

"생수도 사 마셨지만 세수하고 씻는 물은 우리 집에서 얻어 갔지. 가끔 빨래도 해줬어. 그 짓도 하루 이틀이지. 수도를 끊고 어떻게 살아. 얼른 고치든지 나가든지 해야지."

노파는 통 넓은 바지를 추스르며 일어섰다. 노파의 발소리가 들리지 않을 때까지 문에 서 있었다. 일층 문소리가 났고 남자의 굵은 저음이 웅얼대더니 끊어졌다.

비가 그쳤다. 베란다 문을 활짝 열었다. 문틀에 고였던 빗물이 떨어졌다. 밥을 먹자던 노파의 말이 귓가를 맴돌았다. 사층의 이방인들은 돌아오지 않았다. 모두 어디로 간 것일까. 평소보다 일찍 어두워졌다. 지루한 시간이 천천히 흘렀다.

건조대에 널려 있던 이불을 걷었다. 이대로 말렸다가는 고약한 냄새가 난다. 세탁기에 세제를 덜어 넣고 전원 스위치를 눌렀다. 세탁조로 물이 흘러 들어가는 소리가 났다. 세탁기는 슥슥 소리를 내며 느리게 돌았다. 물이 빠졌다가 다시 채워지고 또 흘러나갔다. 이불은 내일 놀이터에 내다 말려야겠다고 생각했다. 해가 쨍쨍해야 할 텐데. 일층 노파처럼 자기 얼굴에도 고랑을 만들 정도로 햇볕이 뜨겁게 내리쬐기를 바랐다.

전등도 켜지 않은 채 앉아 있었다. 자신이 지금 무언가를 원하고 있다는 것을 깨달았다. 세탁기에서 나가고 다시 들어오는 물소리가 가슴을 먹먹하게 했다. 어떤 그리운 것을, 움켜잡고 억울해서 놓지 못하던 것을 풀어놓듯 어둠 속에서 가만히 손을 펴보았다. 놀이터에 다시 줄을 매지 않아도 이불을 널 수 있을지 궁금했다. 우수이에게 보송한 이불을 건네줄 생각을 하니 복잡한 감정이 교차했다. 문 앞에 갖다 둬도 된다고 생각하자 마음이 조금 가라앉았다. 점멸등처럼 붉은 불빛이 반짝였다. 세탁이 끝났다는 신호. 세탁기 문을 열고 여자가 천천히 이불을 꺼냈다.

배명희

요다의 지팡이
- 건달 5

구
자
명

오후 산책이 좀 길었던가 싶었다. 입추를 넘긴 여름해가 커다란 새의 활강인 양 장쾌한 여운을 남기며 넘어가고 있었다.

편의점에 들러 캔맥주 한 묶음을 사들고 집으로 향하는데 주머니 속 휴대폰이 울렸다. 대평은 폰에 찍힌 이름을 확인하는 순간 가슴속에 미세한 떨림이 일었다. 하, 이런…! 어쨌거나 그 이름의 주인은 그가 첫정을 준 여자였다. 몇 년에 한 번씩 잊어버릴 만하면 뜬금없이 연락을 해오는 여자. 수십 년째 거의 수도자 같은 삶을 살고 있는 사람이니 이성으로 생각하기를 멈춘 지 오래인 대상이지만 어째서 이런 떨림이 아직도 있는지 알다가도 모를 일이었다. 대평은 심호흡을 한 번 한 후 전화를 받았다.

"오랜만입니다, 인실 씨. 잘 지내셨소?"

"네, 대평 씨, 목소리 여전하시네요. 낙산서 만나고 삼 년쯤 됐나요? 오늘은 민원이 하나 있어서 연락드렸는데요, 일단 간단히 용건만 말씀드릴게요…."

부고가 먼저 전해졌다. 남명호 여사 별세. 여자 신선이란 게 있으면 저렇지 않을까 싶게 천년만년 사실 것 같던 그분이 팔십오 세를 일기로 돌아가셨다 한다. 영결식이 낼 아침에 있는데, 거기엔 참석 안 해도 되니 장례 후 사시던 집 정리를 좀 도와줄 수 있겠냐 는 게 인실의 용건이었다.

"물론이죠! 내일은 볼일이 좀 있고 모레는 갈 수 있겠습니다. 낙산재활센터로 가면 될까요?"

인실은 언제나 그렇듯이 나긋나긋한 목소리로, 그러나 말본새 는 중성적인 어투로 용건을 전한 후 깍듯한 인사와 함께 짧은 통화를 마쳤다.

"어려운 부탁인 줄 아는데, 대평 씨가 젤 먼저 떠올랐어요. 기꺼 이 응해 주셔서 고맙습니다."

이 여자는 늘 이렇게 일정한 거리를 둔다. 대평은 그것이 편하 다가도 이따금 섭섭하게 다가오기도 했다. 뭘 더 바라는 게 있어 서 그런 건 아니었다. 비교적 허물없이 지내온 절친의 미망인과도 더러 비슷한 기분이 든 적이 있기에 문제는 그네들이 아니라 자신 에게 있는 것처럼 생각되는 자의식이 촉발되기 때문이었다. 남자 들과는 그런 감정을 느낄 때가 거의 없는데 자유로운 독신주의를 고수해 온 자신이 실은 여자 문제에 관한 한 자기 기만을 해온 게 아닌가 싶어 되짚어 보기도 했으나 딱히 그런 것은 아니라는 결 론을 내렸다. 이성과의 관계를 원했더라면 좀 더 적극적으로 밀고 나갔을 경우 이루지 못할 바도 아니었다는 막연한 자신감도 있었 다. 그러면 무엇일까, 이 개운치 못함은….

구자명

부자지간의 정을 쌓을 새도 없이 저세상으로 떠나 버린 제 아비의 친구를 삼촌처럼 대해 온 만수라면 이렇게 말할 것도 같았다. 크크 아저씨, 뭘 그렇게 심각하게 생각해요? 아저씨는 그냥 이제 그런 가능성이 많이 줄어든 영감이 되신 거여. 그게 섭섭한 거라구여.

짜아식, 잘난 체하기는! 대평은 머릿속으로 만수에게 꿀밤을 먹이다가 혼자 생각에 실소했다. 내일은 아침 일찍 녀석의 가게에 들러 인테리어 리모델링을 돕기로 했다. 올빼미 체질인데 일찍 자 보려니 약간의 알코올이 필요하겠단 요량을 했던 참이었다. 그런데 생각지 못한 부고를 전해 받으니 삼 년 전 하룻밤 신세진 고인의 독특한 모습이 떠오르며 묘한 서운함이 밀려들었다. 그 이미지가 연상시키는 어느 영화 속 등장인물의 모습도 함께 떠올랐다. 고인의 사진이 없으니 그 영화 캐릭터 사진이라도 인터넷에서 찾아 절하고 술 한 잔을 올려야 할 것 같았다.

호야 이모. 고인은 생전에 본명보다 주로 그 호칭으로 불렸던 사람이다. 호적에 기재된 이름은 남명호라고 했다. 누가 들어도 남자 이름인 그 성명을 지니고 살게 된 것은 그녀 세대에 흔한 일이 었듯 줄줄이 딸만 낳던 집안에 네 번째로 태어났기 때문인데, 흥미롭게도 바로 아래 태어난 아들 이름은 무슨 이유에선지 명희로 붙여졌다. 그런데도 연년생으로 남동생 하나가 더 태어났다고 한다. 우리 부모도 웃기제, 막내 가는 명순이라꼬 붙있다 아이가. 프흘흘! 호야 이모는 뭣이 그리 재밌는지 호쾌하게 웃으며 덧붙였었다.

어차피 성이 남씨니까 남자 명희, 남자 명순이로 알아줄 끼라 생각했능가베. 크흘흘! 두 돌 지나 소아마비를 앓아 왼쪽 다리를 절게 된 넷째 딸 명호는 집안에서 존재감이 희미해선지 가족이나 동네 사람들한테 그냥 호야, 라고 불리었다. 월남하기 전 살았던 곳이 원산이라 젊어서는 원산댁이라고 불리기도 했지만 결혼을 한 적이 없고 그녀 손으로 탯줄을 잘라 준 동네 아이들 거개가 이모처럼 여겼기에 결국 중년기 이후 그녀의 호칭은 호야 이모가 되었다.

학교를 안 보내준 부모 몰래 형제들 어깨 너머로 일본어를 독학으로 마스터한 후 밀항하여 동경의 조산원학교를 나온 특이한 이력을 지닌 그녀는 낙산 이십 리 근방에서 알아주는 명산파였다. 미혼모 시설에서 일하던 인실이 호야 이모와 사귀게 된 것도 그녀의 그러한 기능 때문이었다. 남자 이름으로 불리며 장애인의 몸으로 평생 남의 자손들이나 돌보며 살아온 그녀가 돌아오지 않을 길을 떠났다 한다.

남명호 젬마 여사, 호야 이모…. 작달막한 체구에도 동네 어귀에 버티고 선 그늘 깊은 고목의 느낌을 주던 그녀가 떠났다! 대평은 어떤 장엄한 느낌으로 늘 먼 곳을 향해 있던 그녀의 눈을 떠올렸다. 자기 앞의 대상이 누구이든 그 너머를 응시하는 듯한 그 아득한 눈. 대평은 모레 아침 이른 기차를 타야겠다고 마음먹으며 걸음을 재촉했다.

서울에서 낙산까지 대중교통을 이용해 가려면 생각보다 오래 걸렸다. 일단 대구로 가서 낙산행 열차로 환승을 해야 했다. 인실이 일하는 재활센터는 미군기지 때문에 가장 먼저 정차역이 생겼음에도 인구가 충분히 늘지 않아 아직 시 승격을 하지 못한 낙산읍에서 택시나 버스를 타고 이십여 리 길을 더 들어가야 했다. 예전에는 주민 대부분이 걸어 다녔다는 거리지만 대평은 늦더위 속에 땀이 차서 후줄근해진 꼴로 인실을 만나고 싶지 않아 버스를 탔다. 대신 호야 이모가 늘 자랑하던 강변 풍경을 느긋이 감상하며 가는 건 포기해야 했다.

버스는 좁아터진 신작로에 거의 주차장 수준으로 무질서하게 늘어선 크고 작은 차들 사이를 잘도 비집고 달렸다. 호야 이모가 살던 집도 이 신작로 중간 뒷골목에 있어 그녀가 성당이나 병원에라도 가려면 무작스럽게 달리는 차들 사이로 낡은 유모차를 끌며 다녀야 했는데, 장애인의 몸으로 거의 묘기 대행진 하는 느낌을 주곤 했다. 하지만 그녀는 귀갓길엔 많이 우회하더라도 강변길로 돌아온다고 했다. 호야 이모는 시골 촌부치고 문학적 감성도 풍부했다.

"우리 고향 명사십리 솔밭길만은 못해도 여게 낙동강 풍경도 제법 쓸 만하제. 저물녘에 둑방길 따라오마, 노을이 얼매나 이쁘다꼬! 거 무슨 시도 안 있나. 해질녘 울음이 타는 가을강 카는. 그맨치로 마음이 슬프맨서도 환해진다카이. 흘흘."

흘흘. 호야 이모는 슬플 때나 기쁠 때나 흘흘, 웃음도 울음도 아닌 그녀 특유의 소리를 냈다. 그 소리가 너무도 특이해서 처음엔

이 노인이 초탈한 사람인지 감정 표현 장애가 있는 사람인지 헷갈렸으나 대평은 머잖아 그 전자의 경우라고 판단하게 되었다. 어느 대선 때엔가는 정치적으로 보수 성향 일색인 그 지역에서 노인으로는 아마도 거의 유일하지 않을까 싶게 극진보 성향의 후보에게 투표했던 그녀였다.

그런데 그녀 안방의 앉은뱅이책상에는 군부독재의 상징인 전직 대통령을 닮은 민머리 바둑이 인형이 놓여 있었다. 길에 버려져 있는 걸 주워 씻어다 놓았다는데, 뭐가 좋다고 그랬냐고 물으니 그냥 반 닮았는데 불쌍하고 구엽잖아, 했다. 수행승으로 치자면 상대 차별을 넘어선 경지였는데, 또 어떨 때는 정의감 표출이 단호했다.

낙산읍에는 한국동란 중에 보급기지로 정착한 미군부대와 1·4 후퇴 때 월남해 자리잡은 외국 선교회 수도원이 담장을 마주하고 있었다. 수도원에서 미군부대의 폐기물 불법 매립을 규탄하느라 신자 및 주민들을 동원하여 시위하는 동안 내내 그 불편한 몸으로 앞장을 선 인근의 최고령 주민도 그녀였다. 도무지 종잡을 수 없게 자유로운 듯하면서도 고전적 덕행을 평생 일삼아 행했던 호야 이모. 그녀가 천사였나 도인이었나를 떠나 대평은 궁금한 게 있었다. 이제 그 삶이 남긴 흔적을 정리하러 가면서 대평은 이 지상의 시간이 그녀에게 과연 어떠한 의미였을지, 그 의문을 좀 풀 수 있지 않을까 하는 기대를 하며 온 터였다. 하지만 인실을 만나러 가는 설렘 또한 없지 않다는 걸 인정하며 대평은 강변길로 꺾어들기 시작한 버스에 불어드는 한 줄기 강바람이 상냥한 여인의 손길처럼 느껴졌다.

버스에서 내리자 삼 년 전이나 별다를 것 없는 시골 풍경이 펼쳐졌다. 새로 지은 듯 보이는 도향리 마을회관 건물 뒤로 낯익은 붉은 벽돌 이층집이 보였다. 대문 입구에 붙은 나무 현판에 궁서체 글씨로 '낙산 마리아의 집'이라 새겨져 있었다. 인실이 지인들에게 자신이 일하는 재활센터라고 소개하며 거의 십 년 가까이 운영을 도맡다시피 해온 미혼모 재활시설의 공식 명칭이었다. 주로 산달을 3개월 미만 앞둔 미혼모들을 보호하며 출산과 사후관리를 도와주는 곳이었다. 대구시 소재 한 수녀원에서 운영하는 사회복지법인 시설의 분원이지만 전국 단위 회원들이 보내오는 후원금에 많이 의존해야 하는 반자립형 살림 체제여서 대평도 삼 년 전 이곳에 다녀간 이후로 소액이나마 정기후원을 해오고 있는 터였다.

마리아의 집은 미혼모들의 거주 공간으로 쓰는 본채 뒷마당에 작은 조립식 별채를 세워 사무실 겸 게스트하우스로 쓰고 있었다. 대구 본원에서 상담하고 의뢰받은 미혼 임산부가 이곳에서 아이를 낳기로 마음을 완전히 정하지 못한 경우, 며칠간 이곳의 독립 공간에서 혼자 숙식하며 생각을 가다듬을 수 있게 한다고 했다. 대평은 사무실 표시가 붙은 쪽의 출입문을 열고 들어갔다. 아무도 없었지만 에어컨이 약하게나마 가동되고 있어 제법 시원했고, 얼음물이 채워진 보냉병과 유리잔 몇 개가 담긴 쟁반이 소파 앞 탁자에 놓여 있었다. 대문을 들어서는 그를 멀리서 보았는지 인실이 휴대폰으로 지금 무슨 프로그램을 진행하는 중이니 잠시만 사무실에서 기다려 달라는 문자를 보내왔다.

대평은 사무실 벽 저편에 지금은 누가 머물고 있을까 궁금했다. 삼 년 전 호야 이모와 처음 만난 곳이 거기였다. 출입구가 따로 나 있는 그 게스트 룸을 누구보다 많이 이용했다던 호야 이모. 한밤중이나 새벽에 시내 산부인과에 임산부를 바로 입원시키기 어려운 비상사태가 발생할 때 지근거리에 사는 육십 년 경력의 노련한 조산사인 호야 이모를 모셔와 분만을 돕게 하는 응급상황이 왕왕 벌어졌고, 어떨 때는 며칠 밤낮에 걸쳐 그런 일이 벌어지기도 해 호야 이모를 게스트하우스에서 대기시키는 경우도 적지 않았다. 그녀는 웬만한 산부인과 의사들보다 능란하고 안전하게 아이를 받아내는 드문 능력의 소유자였기에 팔순을 훌쩍 넘긴 몇 년 전까지도 인근 지역에서 그녀를 찾는 사람들이 없지 않았다.

평생 독신으로 살면서 독실한 천주교 신앙을 지녔던 호야 이모. 그녀는 유일한 재산인 낙산 읍내의 방 두 칸짜리 구옥을 생전에 이미 마리아의 집 앞으로 기증해 놓고 소유주 명의가 바뀐 그 집에서 그냥 살고 있다는 얘길 삼 년 전에 들었다. 인실이 정리를 도와 달라고 한 게 바로 그 집인 것이다. 앞으로 어떠한 용도로 바뀌게 될지 모를 그 소박한 구옥의 운명을 궁금해하며 대평은 탁자 위에 놓인 마리아의 집 소개 책자를 들춰보다가 아는 얼굴을 발견했다. 여전히 해맑은 피부에 하시라도 웃을 듯한 반달눈썹 아래 상냥한 눈매와는 사뭇 대조적으로 뭔가 결연해 뵈는 다부진 입매의 그 얼굴은 근대 인물로 치면 무용가 최승희와 농촌계몽가 최용신이 뒤섞여 있는 이미지였다. 그런 이미지는 월매와 신사임당, 퀴리부인과 엘리자베스 테일러의 조합처럼 동떨어진 요소들의 조합으로 언어로 치면 모순어법에 해당했다.

하지만 그 모순어법은 박인실이란 여자 안에서 묘하게 조화를 이루며 의도된 효과를 내는 수사법으로 자리잡았음을 대평은 꽤 오래전부터 눈치채고 있는 터다. 이는 마치 호야 이모의 얼굴에서 희극 배우와 비극 배우의 면모를 동시에 보게 되는 것과도 흡사했다. 단지, 인실의 모순어법은 의도된 반면 호야 이모의 것은 전혀 의도되지 않은 상태에서 그냥 그렇게 발현되는 듯 느껴진다는 점이 달랐다. 대평은 자신이 평생 뭔가를 시각적으로 포착하여 미술의 형태로 형상화하는 습관을 지닌 사람이라 유독 그런 차이를 느끼는가도 싶었다.

그런데 어느 날 후원회원에게 보내오는 마리아의 집 뉴스레터에 실린 인실의 인사말과 사진을 만수에게 보였더니 녀석이 나름의 인물평이랍시고 던진 말이 이러했다. 아저씨, 이 아줌마 나 어릴 때 한 번 만났던 거 같은데, 얼굴이 그대로네? 그때 특이한 인상을 받아서 기억하거든요. 뭐랄까… 겉절이와 묵은지를 섞어 놓은 것 같은 묘한 느낌을 주는. 예전보다 양념 맛이 순해졌을 것 같긴 한데 에이 어쨌거나 아저씨가 감당될 타입은 아녀여…. 음식 장사를 하고 있긴 하지만 요즘 세대 청년의 입에서 나올 법한 표현은 아니었기에 대평은 짜아식 말본새 하고는! 지 애비 아들 아니랄까 봐, 하며 뒤통수를 한 대 쥐어박았었다.

하지만 그렇게 상반된 요소를 품은 것이 그녀의 본면목이라고 가정하기엔 너무나 일관된 인생을 살아온 인실이었다. 원래는 대학에서 가정학과를 다녔던 그녀지만 이십대 중반부터 각종 자격증을 새로이 취득하여 국립소록도병원 간호사, 무의탁노인 양로시설 요양보호사, 미혼모 재활센터 사회복지사 등 다양한 사회봉사적 직능을 부단히 익히고 행하는 삶을 이어왔다.

그러한 그녀가 초로에 들어 '인생 사부'랄 수 있는 사람을 만나게 되었다며 소개한 인물이 호야 이모였다. 전화상으로 몇 가지 귀띔을 받긴 했지만 대평은 남명호 여사를 처음 만난 순간에 받은 희귀한 인상을 이렇게 표현한 바 있다.

"스타워즈 시리즈에 나오는 마스터 요다가 낙산에 은거하고 있었네요!"

인실은 운전대를 잡고 있다가 조수석에 앉은 대평의 어깨 쪽으로 자세를 무너뜨리며 까르르 동의했었다. 늘 일정한 긴장감을 유지하고 그를 대하던 여자에게서 보기 어려운 행동이었다.

"요다… 요다 할머니 맞아요. 딱 그거예요! 그 차림새에 그 눈빛, 그 커다란 귀는 정말… 깔깔깔."

그렇게 웃을 때의 그녀는 삼십여 년 전 맞선자리에서 그의 말을 재밌어 하며 맞장구치던 순진한 아가씨의 모습으로 돌아간 듯 대평의 가슴을 훈훈하게 했다.

하지만 이제 둘은 돌아가기에 너무 먼 길을 와버렸다. 그때의 건달과 아가씨는 외적으론 여전히 미혼 남녀이되 청춘의 풋풋한 정열 대신 갱년기의 쓸쓸한 체념을 품은 독신 남녀가 되어 있는 것이다. 대평은 자신의 육십 평생에서 아쉬움으로 남아 있는 몇 가지를 꼽으라면 그중 하나로 인실과의 관계에서 상존해 온 그 어떤 미진함을 얘기할 수 있을 것 같았다. 푸우, 저도 모르게 나오는 한숨을 뿜으며 사무용 책상 뒤쪽의 반투명창으로 고개를 돌리던 그의 눈에 사람 그림자가 스쳤다 사라졌다. 곧이어 사무실 문이 열리고 배릿하면서 고소한 젖내 같은 향이 풍겨 들었다. 짙은 청바지에 소라색 블라우스를 입은 초로의 여인이 반달눈썹 아래 반가움을 가득 담은 눈빛으로 인사를 건넸다.

"여전하시네요, 대평 씨! 팔짱 끼고 삐딱하게 앉으신 폼이랑 발까딱대는 버릇이… 호호."

대평이 얼떨결에 자리에서 일어서며 대꾸했다.

"인실 씨도 여전하고요. 반백 단발머리 소녀인데요?"

"호호, 소녀요? 소녀들하고 지내서 그런가? 지금도 몸 푼 지 얼마 안 되는 소녀 엄마들 모아 놓고 수유 교육 하다 왔으니. 요즘은 애기 젖 먹이는 것도 제대로 못하는 엄마들이 많아요, 하. 애가 애를 낳았으니 그럴 만도 하지만…."

"하하, 처녀가 애엄마들보다 더 잘 아신단 얘기?"

"그럼요! 제가 이 방면 짬밥이 얼만데요. 그래 봤자 원조 처녀 조산사 앞에선 깨갱 했지만요. 그 원조께서… 글쎄, 지병도 없으셨던 분인데 그렇게 갑자기…. 성모승천 축일 미사에 같이 가자고 전화 드렸을 때만 해도 멀쩡하셨는데 담날 아침 묵주를 손에 쥐고 반듯이 누운 채 숨을 거둔 모습으로 발견되셨어요. 제가 그날 센터에 급한 일이 생겨 못 가게 돼 다시 전화 했었는데 계속 안 받으셔서 이웃 분한테 가봐 달라고 했거든요. 마스터 요다다우신 자기 마무리가 아닌가 싶기도 한데, 사부님으로 모셨던 저한테조차 아무런 힌트도 없이 휙 가버리신 게 어찌나 섭섭하던지…."

이 말을 하며 인실은 정말로 골난 듯한 표정을 지었다. 마치 믿었던 보호자한테 저버림을 받은 아이가 그 황망함을 분함으로 드러내듯이…. 그런 모습을 보자 대평은 왠지 마음이 짠해져서 위로했다.

"그러게 말입니다. 비정한 마스터 같으니라고. 자기 포스의 비밀을 뭐 하나 전수해 주지도 않고 휘릭 떠나 버리다니…."

그러자 인실은 찌푸렸던 얼굴이 펴지며 뭔가 흥미로운 놀이를 발견한 아이의 눈빛이 되어 말했다.

"자 가요, 우리. 포스의 비밀을 알려줄지 모를 단서를 찾으러. 오늘 하루 제가 센터 차 전세 냈어요."

호야 이모의 집은 낙산역과 마리아의 집이 있는 도향리 사이 딱 중간 지점에 있었다. 그 지역 사람들은 낙산읍의 주도로 격인 삼십여 리 신작로를 낙산역을 기점으로 그 위쪽은 웃께, 그 아래쪽은 아래께라고 불렀다. 그러니까 호야 이모는 아래께에 살았던 셈인데, 아래께 사람치고 호야 이모를 모르는 사람은 간첩이라 할 만큼 그녀는 그 일대에서 유명 인사였다. 내 이름에 명자가 밝을 명이 아니라 이름 명인 줄 알겠네. 그녀가 그 집에 처음 이사 와서 한글로 남명호라고 새긴 문패를 붙이며 한 말이었다.

아닌 게 아니라 그녀가 그 문패 아래 조산원이란 작은 간판을 내다 걸기 바쁘게 바로 앞 과수원집 며느리가 세 쌍둥이를 낳게 되어 호야 이모의 이름이 간단없이 알려지는 기회가 찾아왔다. 꽤나 난산이었던 그 출산에 호야 이모가 나서지 않았더라면 산모도 아기들도 위험할 뻔했기에 그녀의 명성은 단박에 아래께 이십 리 근동에 퍼져 나갔다고 한다.

그러잖아도 병원들이 몰려 있는 웃께까지 가기가 수월치 않았던 아래께 사람들인지라 산부가 있는 집들은 모두 호야 이모를 '구완의 여신'으로 여겼다. 당시는 아이를 참 많이도 낳던 시절이라 호야 이모는 가톨릭계 조산원 학교에서 배운 자연 피임법까지 성당 다니는 아낙들을 중심으로 교육하기 시작했던 까닭에 가족 계획이 난망이었던 남정네들 사이에서 '구원의 여신'으로 회자되기도 했다. 구완의 여신이든 구원의 여신이든 명산파로 호가 나게 된 남명호 여사는 자기 이름값을 하느라 장애인의 몸으로도 주야를 가리지 않는 육체노동을 감당해야 했다.

차를 몰며 이런저런 회고담을 들려주던 인실이 무언가를 보더니 감정이 치받는지 잠시 브레이크를 밟은 채 호흡을 가다듬었다.

그들이 접어든 막다른 골목 끝에 잠그지 않아 틈이 벌어진 쪽문 너머로 웃자란 대파가 무성한 텃밭이 보였다. 호야 이모가 애지중지 가꾸던 꽃밭 겸 채마밭이었다. 삼 년 전 그 집에 같이 왔을 때도 언젠가 딱 한 번 얻어먹어 본 그 맛을 잊을 수 없다며 인실은 파밭에서 눈길을 떼지 못했었다.

"쌍둥이들은 사부님의 그 환상적인 오징어파전도 많이 얻어먹었겠지요…. 며칠 전 빈소에 그 과수원집 삼남매가 왔는데 그이들이 그러더라고요. 호야 이모네 집은 어린 시절 자기네 형제들에게 참새 방앗간 같은 주전부리 천국이었다고. 말하자면 애프터서비스 정신까지 투철했던 거죠, 그 요다 할머니는. 그 연세에 저기 저 채마밭 가꿔 논 거 보세요. 누굴 또 먹이겠다고 저렇게 농사를 짓고 계셨던 건지, 하!"

차를 담에 붙여 세우고 쪽문을 열고 들어선 호야 이모네 마당은 이전과 다름없이 온갖 화초와 채소들이 빼곡히 들어찬 작은 식물원이었다. 그렇다고 무슨 체계라도 있어 뵈게끔 화초는 화초대로 채소는 채소대로 나무는 나무대로 심어 논 모습이 아니었다. 장미꽃, 고추나무, 나리꽃, 가지, 봉숭아, 돗나물, 석류나무, 부추, 능소화, 애호박, 도라지꽃, 배롱나무, 오이, 붓꽃, 대파 따위가 지나새나 뒤섞여 자라나고 있었는데 신기하게도 다들 씽씽했다.

자연농법이란 게 이런 것인가! 아무려나, 이런 식의 농사를 짓느라 성치 않은 다리를 끌며 틈만 나면 밭에서 살았다는 요다 할머니에게 마스터 마인드란 게 과연 있기는 했을까? 포스의 비밀을 알려줄 단서? 마당이 이렇게 무정부주의라면 좁아터진 집 내부는 더할 것 같은데 대체 뭘 찾아보겠다는 말인가 싶어 대평은 마스터의 아지트로 곧장 향하고 있는 인실을 불렀다.

"집 정리를 하자면서요. 뭐 박스나 포장재 같은 게 있어야 짐을 쌀 텐데, 혹시 차 트렁크에 갖고 왔나요?"

인실은 고개를 흔들며 알 수 없는 미소를 지어 보이고 구옥의 미닫이 현관문을 열어젖혔다.

호야 이모의 안방은 세 평 남짓한 공간 빼곡히 들어차 있던 온갖 잡동사니들이 싹 치워져서 누가 곧 이사 들어와도 될 것처럼 말끔했다. 아니 초상을 치른 게 불과 이틀 전인데 언제 이렇게 다 정리를 했나 싶어 대평은 어리둥절했다.

그런 마음을 알겠다는 듯 인실이 저간의 상황을 전했다. 결론적으로 남명호 여사는 자신의 죽음을 미리 알고 철저하게 티 안 내는 방식으로 대비를 해뒀다는 얘기인 듯했다. 영결미사에 왔던 한 의사 신자에 의하면 그녀는 두어 달 전에 성당에서 만난 그에게 심근경색의 전조 증상에 대해 물어 본 적이 있었다고 했다. 단지 물어 봤을 뿐 본인이 그런 증상들이 있다고 하진 않았다며 안타까워했다.

"짐은 미리 다 싸여져 있어 본인이 메모 붙여 둔 대로 처리했고요, 저기 저 장롱과 책상, 재봉틀, 반닫이만 우리가 처리하면 된답니다."

대평은 인실의 미소가 그제야 이해되었다.

"장롱과 반닫이는 동네 분이 조만간 가져가기로 했다는 것 같고 재봉틀은 센터에 가져가 쓰려고 해요. 저 낡은 책상이야 요새

누가 쓰겠어요? 그냥 재활용 폐기물로 내다놔야죠. 근데 가운데 서랍 속에 뭔가 있는 거 같은데 그게 사부님이 제게 남기신 유품이 아닌가 싶네요. 영안실로 모시던 날 경황 중에 보니 책상 위에 메모 쪽지가 있고 그 쪽지 위에 열쇠가 하나 놓여 있어 챙겨 뒀어요."

인실은 메고 온 가방에서 작은 봉투를 꺼내 책상 위에 털어냈다. 딱지 모양으로 접힌 메모지와 예스러운 디자인의 구리 열쇠가 나왔다. 메모에는 딱 세 문장이 달필의 볼펜 글씨로 적혀 있었다. '박인실 안젤라에게 맡깁니다. 고맙습니다. 남명호 젬마 합장.'

"좀 지나치게 담백하죠, 전수 방식이… 하! 제자에게 뭘 전수할 때는 마스터답게 최소한의 세레모니 같은 게 있어야 하는 거 아닌가? 고작 사후 메모장 하나에 그것도 단 세 마디가 다라니…. 대체 뭘 맡긴다는 건지, 생전에 다 털어내시고선 맡길 게 뭐가 남았다고 나 참!"

'인생 사부'와의 황망한 이별이 못내 서운한지 한참을 궁시렁대던 인실이 심호흡을 했다. 녹슨 열쇠가 책상 서랍 열쇠 구멍에 꽂히고 차칵 하는 소리가 났다.

"착각하지 말라네요, 얘가. 호홋."

인실이 웃으며 서랍문을 열자 갈색 서류봉투 하나가 모습을 드러냈다. 봉투를 집어 드는 그녀의 손이 떨리면서 그 안에서 여남은 권의 공책이 우르르 쏟아졌다. 대부분은 '산과요결産科要訣'이라고 제목 붙여진 진료노트들이었고, 두 권은 신구약 성경의 어떤 부분들을 필사하면서 자기 생각을 적어 놓은 것이었다. 전자는 호야 이모가 대구에서 낙산으로 이사와 자리잡기 시작한 30대 후반부터 70대 초반까지 삼십여 년에 걸친 조산助産 체험을 적은 진료 기록이었고, 후자는 그 이후부터 만년에 이르는 시기에 쓴 영적 독서의 기록이었다. 인실은 흥분했다. 해말간 얼굴이 붉게 상기되고 눈빛은 열기로 반짝였다. 좀처럼 냉철함을 잃는 법이 없는 그녀의 이러한 모습이 낯설게 다가왔다.

"와, 우리가 노다지를 얻었네요! 특히 이 산과요결은 사부님의 반백년 조산사 인생이 고스란히 녹아 있는 실전 비결인데요. 제가 엄청난 걸 물려받는군요! 그리고 이 성경 필사록은… 아, 저는 아직 정신적으로 이걸 읽어 볼 준비가 안 됐다는 생각이… 하. 근데 사부님 메모 쪽지를 보는 순간 왜 난데없이 대평 씨가 떠올랐는지 이제 알 거 같아요. 이 진귀한 독서록의 첫 수혜자가 되시는 거 어떠세요? 시간은 많으시잖아요, 젊을 때부터 늘 그러셨듯이… 하하."

물론 영광이었다. 더구나 건달의 본색 중 하나는 시간이 '나이아가라'라는 데 있지 않겠는가. 젊을 때는 '나이아가라'처럼 소용돌이치는 시간의 폭포 속에서 절대 바쁘지 않게 살면서도 무기력하지 않게 살려고 마음이 바쁘기도 했다. 하지만 환갑을 넘긴 지금은 달랐다. 시간이란 게 빠르든 느리든 상관치 않는, 바빠져도 괜찮고 아니어도 괜찮은 마음의 한가를 누리게 될 터다. 만수가 이런 나를 '호모 타임리스Homo Timeless'라고 일컬은 적이 있어 그게 뭐냐고 물으니 '나이야 가라' 주의자를 말하는 거죠, 하고 대꾸했었다.

　엉터리 조어나마 모처럼 맘에 든 그 별칭에 걸맞게 나이 따위에 구애받지 않는 나이야가라맨으로 살기로 한 대평은 이후로도 대체로 나이와 관계없는 시간들을 보내왔다. 이를테면 젊은이들이 열광하는 웹툰 시리즈물을 밤을 새가며 탐독하기도 하고, 중장년에 자·타의로 퇴직하고 낚시터에서 세월을 낚는 강태공들 사이에서 넋두리며 술추렴을 거들며 며칠씩 지내기도 하고, 유아원이나 유치원에서 동화구연 하는 할머니들을 도와 이야기에 필요한 공작물을 만들거나 구연 속 등장인물(주로 동물)로 찬조출연 하는 지역봉사 활동을 하기도 했다.

　그러다가도 누님이 사는 섬 마을 집들에 지자체에서 기획한 벽화를 도맡아 그려 주느라 한 달씩 갯바람 맞으며 노동집약적 시간을 보내기도 했다. 그런 그이니만치 비록 다른 이 앞으로 전해진 유품이라 할지라도 생을 더없이 충일되게 살다 간 한 여인의 영적 독서록을 반갑게 받아들지 않을 까닭이 없었다. 더구나 삼 년 전 하룻밤 그녀의 건넌방에서 신세를 지며 저녁과 이튿날 아침까지 두 끼를 얻어먹은 기억도 생생했다.

　삼 년 전 그날, 인근 과수원들에서 막 복사꽃 망울들이 올라오기 시작한 도향리의 초봄은 꽤나 쌀쌀했다.

　"이래 추버 갖고 복숭꽃이 피다 말고 다 숨어 삐겠네."

　본채에서 건너오는 잠깐 동안에도 추웠는지 망토처럼 생긴 뜨개옷을 머리까지 덮어쓴 채 게스트하우스로 들어서며 초면의 조산사는 미션 완수의 흐뭇한 심사를 드러냈다.

"그래도 오늘 우리가 받은 복숭 도령은 참 실하더만, 흘흘."

단구의 은발 할머니가 망토를 머리에서 내렸을 때의 그 인상을 대평은 잊을 수가 없다. 그가 그제껏 만난 인간 중에 가장 외계적이라 할 만한 이미지였다. 눈과 귀가 얼굴 크기에 비해 지나치게 큰 반면 코는 아주 낮고 작았는데, 너부죽한 입매는 대체로 한일자로 다물려 있어 웃을 때조차 뭔가 진중한 느낌을 주었다.

날이 이미 어두워지고 있었으므로 인실은 그들이 수인사를 마치기 바쁘게 차에 태워 읍내의 구옥으로 데려왔다. 대구로 나가 상경 열차를 타려면 바로 일어나야 했는데 그네들과 말을 섞다 보니 생각보다 많이 늦어진 터였다. 그때 호야 이모가 저녁 먹고 건넌방에서 자고 가라는 제안을 하며 갖은 곡물 자루와 말린 채소 봉지가 사방 벽을 요새인 듯 둘러싸고 있는 쪽방을 열어 보였는데, 대평은 이 할머니가 자신을 무슨 보릿자루로 아는가 보다 싶었다. 그런데 인실이 반색을 하며, 아 그러면 좋겠네요! 호야 이모 밥상 받는 거 보통 행운 아니거든요, 했다. 따라 나오는 대평을 떠밀다시피 현관 마루에 도로 주저앉히고 서둘러 센터로 떠나 버린 인실의 속내를 알아차리게 된 건 그 행운의 '호야 이모 밥상'을 마주하고 나서였다.

"메칠간 집을 비아 놔서 방이 뜨시질라모 시간 좀 걸릴 낀가 이거라도 깔고 있어 보소."

호야 이모는 낡은 전기방석을 내주고 부엌이 그쪽인 듯 마루 뒤편으로 사라졌다. 대평은 여느 시골집 안방이나 다름없이 촌스럽고 어수선한 중에도 뭔지 모를 좀 색다른 분위기가 느껴지는 그 방을 휘휘 둘러보다가 앉은뱅이책상에 놓인 작은 책꽂이에 눈길이 꽂혔다. 여남은 권의 책이 꽂혀 있는데 모두가 성경책이었다. 아주 두꺼운 신구약 합본과 신약 구약을 따로 엮은 분리본, 기독교 공동번역성서와 가톨릭 새번역성서, 연대기별 구약성서, 복음저자별 신약성서, 신구약 성서 주해본 등 놀랍게도 다양한 버전이 망라된 종합성경 세트가 거기 있었다.

그 책꽂이와 기역자를 이루게 위치한 삼단 수납 선반 또한 대체로 상응하는 모습이었다. 맨 위칸에 야트막한 쌍촛대를 거느린 도자기 성모상이 자리 잡고 있고 그 밑 칸에는 묵주 두어 벌과 성수聖水 단지인가 싶은 미니 항아리, 그리고 맨 아래 칸에는 같은 맥락의 물건이라고 보기엔 무리가 있는 강아지 인형이 하나 놓여 있었다. 한눈에도 독실한 천주교 신자의 소장품들이었는데, 여느 크리스천 신앙인의 집에서 느껴 보지 못한 어떤 요소들이 있었다. 뭐랄까, 박해받던 초기 교회 신앙인들의 절박성, 순교도 불사했던 그들의 순일성純一性 같은 것이 손때 묻은 교회 물품들에서 느껴졌다.

그런 한편 난데없는 강아지 인형이라든지 벽에 걸어놓은 중세적 디자인의 뜨개 망토나 턱없이 길고 울퉁불퉁한 나무 지팡이 같은 것들에선 난장이요정 동화 같은 천진난만함이 감지되었다.

대평은 이상한 나라의 엘리스가 된 기분이었다. 초면의 노인이 초대한 낯선 공간에서 묘하게도 예전에 이런 상황에 처했던 적이 있는 듯한 기시감을 느끼며 그는 시나브로 혼곤한 잠 속에 빠져 들었다. 구들이 사람 덕 보려던 상태에서 온돌방은 빠르게 체면을 차리기 시작했다. 어느새 땀까지 흘리며 큰대자로 누워 자는 나그네를 깨운 것은 코를 찌르는 청국장 냄새였다. 그의 머리맡에 개다리소반이 놓여 있고 집주인은 식전 기도를 하는지 눈을 감고 허공을 향해 두 손을 모은 채 서 있었다. 그 모습이 영화 〈스타워즈〉에서 우주의 포스와 소통하는 마스터 요다를 떠올리게 했다.

호야 이모의 밥상은 매우 소박했으나 맛이 깊었다. 기장쌀밥에 청국장찌개, 말린 호박나물, 석박지 김치, 그리고 뜻밖의 별미 반찬 한 가지가 곁들여진 상이었다. 가자미식해를 이 내륙의 촌집 밥상에서 만나리라곤 전혀 생각지 못했기에 대평은 그 놀라움을 표시했다. 집주인의 반응은 덤덤했지만 많은 이야길 품고 있었다.

"뭐 별긴가, 요새는 바닷가서 까재미 같은 것도 잡은 날 바로 보내 주까이 고향 음식도 맹글어 묵을 만허요. 내가 받은 딸아 하나가 커서 포항으로 시집가디 가끔 생선을 보내온다카이."

그녀가 월남하기 전에 살았던 곳이 원산 바닷가였고, 그곳의 특산품 중 하나로 만드는 음식이 가자미식해이며, 오랜 세월 조산사를 하면서 받아낸 수많은 아기들이 커서 더러 그녀에게 보은도 한다는 사실을 알 수 있었다.

"많이 그리우시겠어요, 고향이."

대평은 그녀의 청회색 눈빛 속에 스며 있는 깊은 향수가 읽히는 듯해 위로랍시고 한마디 건넸다. 그런데 그 말이 그녀의 더 깊은 내면을 엿보게 하는 마중물이 될 줄은 미처 몰랐다. 뜨끈한 숭늉을 대평의 빈 밥주발에 부어 주며 호야 이모는 마스터 요다의 법어를 터뜨렸다.

"고향에는 자주 댕기오는데 뭐. 경원선 그런 거 안 타도 댕길 수 있는 고향길이 가차운 데 널렸단 얘기요. 하루하루 착하게 살고 넘한테 득 되는 일 하고 지 가진 거 나누고 그라마 그때마당 고향길이 싸악 열리는구마. 하느님 나라가 지척이란 말이제. 요 내 맘속에 있는데 그걸 못 보고 마카 딴 데서 찾을라카이 생전 못 가보고 마는기라. 하기사 나도 언저리나 쫌 가보지, 더 깊은 데까진 언감생심이제. 그 깊은 데에 우리덜 본적지가 있을 낀데 마…. 그래도 어덴가 우리가 돌아갈 곳이 있겠거니 생각하마 사람이 살아갈 맛이 난단 말이요. 손님은 미래에 대한 향수란 얘기 들어 봤소? 예전에 어느 신학자가 쓴 글을 봤는데, 그 표현이 탁 맘에 와 꽂히드마. 가톨릭 구舊 성가에도 그런 게 있어요. 예루살렘 복되고 즐거운 나그네 집 너를 생각할 때믄 마음 땁땁하다… 가사가 뭐 그케 나가는. 마음사 땁땁체. 빤히 빈는데 생각거치 잘 도달이 안 되이까. 그래서 우리가 여게 공부하러 와 있능 거 아이요. 말하자믄 우리는 다 영혼의 순례자제. 팔십여 성상 세월을 보내고 나이까 뭐 하나는 쪼매 알 거 같으요. 순례길에 꾀 피고 딴짓 하고 그라마 영원히 나그네 신세 못 면하는 기라. 목적지가 지척인데 자꾸 공회전

구자명

하다 보믄 명왕성맨치로 아득해지이까 주저앉아뿐다 말요. 이럴 때 기도가 필요한 기지. 예수님, 성모님한테 도와달라꼬 매달리믄아 그 자비의 화신들이 그냥 보고만 있겠소? 손님은 무신 종교가 있는지 모르지만 석가님, 마호멧님한테 매달리도 되게꼬…. 그이들도 다 나그네 순례를 해봤던 영혼이라 진실로 섬기며 매달리믄 도움의 손길을 안 주시겠냐 말이제. 젊어서는 이걸 모르고 공동체 생활을 땁땁타 여겨 뛰쳐나왔는데 거기 있었어도 공부하고 기도하며 가는 자기 순례는 똑같앴을 기라는 거, 지금은 아는구마. 거 유행가도 있잖소, 인생은 나그네 길 카는 거. 나그네는 언제 어데서 떠나도 나중에는 고향을 찾게 되이까 나그네 길이란 거는 결국 고향길이란 얘기제….”

생각잖게 터져 나온 자신의 열변이 문득 의식되었는지 요다 마스터는 겸연쩍은 표정을 지으며 대평에게 사과했다.

“아이구, 미안쿠만! 초면의 손님한테 할매가 와 이래 말이 많노…. 먼길 오니라 고단했을 낀데. 밥상 치우고 올 동안 저어짝에 있는 테레비 볼라믄 보소. 쫌 구식이라도 서너 군데 방송은 다 나오이까네.”

호야 이모로 돌아온 그녀는 성한 다리 쪽 가까이에 있던 목침을 짚고 끄응 소릴 내며 일어나더니 개다리소반을 들어올렸다. 대평이 따라 일어나며 자기가 들고 가서 설거지를 하겠다고 말하자 세상 환한 웃음을 지으며 대꾸했다.

“여어가 사실 금남의 집이요. 남정네는 첨 재와 주는구마. 박인실이 친구라 캐서 조카 같은 생각이 들어서리…. 부엌 출입까지 허락할 수는 없겠구마, 흘흘."

얼떨결에 초대받은 금남의 집에서 그렇게 하룻밤을 보내고 난 이튿날, 대평은 역까지 배웅을 해주러 온 인실에게서 수긍이 가는 정보 하나를 들었다. 남명호 젬마는 예전에 봉쇄수도회 소속의 수련 수녀였던 적이 있다는. 그렇다면 어떤 실용적이고 구체적인 기능으로 세상에 봉사해 온 그녀의 삶에 이면이 있다면 재속 수도자의 그것이 아니겠는가. 어디에 소속됨이 없이 스스로를 수도자로 여기고 금기와 규율을 자가 부과하며 산다는 것은 대체 어떤 의미일까? 알아갈수록 궁금해지는 호야 이모란 인물과의 만남은 또 나에게 어떤 의미를 갖게 될까?

그러한 의문들을 품어 왔던 대평은 뭔가 답을 알려줄 것 같은 '단서'를 얻은 듯싶어 내심 쾌재를 불렀다. 삼 년 전 그날 밤 남루한 방 어두운 백열등 아래서 호박 등불처럼 켜지던 호야 이모의 미소가 어제인 듯 환하게 떠올랐다. 대평은 두 권의 독서노트를 보물섬 지도인 양 품어 안으며 인실의 제안에 답했다.

"일생의 행운입니다!"

'렉시오 디비나….'

대평은 세 시간 가까이 고개를 처박고 있던 노트에서 눈을 떼며 중얼거렸다. 열차는 수원역을 막 지나 수도권에 진입하고 있었다. 라틴어로 '거룩한 독서'라는 뜻의 그 단어를 처음 알게 된 건 지금

구자명

은 큰 교회에서 활동하고 있는 민 목사 덕분이었다. 민과는 그가 신학대학을 갓 나와 대평이 사는 동네의 개척교회에서 전도사를 하던 때 지역봉사회 미팅에서 몇 차례 만난 적이 있는 사이였다. 민은 청소년 독서지도를 했고, 대평은 실버세대 미술 취미생들을 지도했다. 연말께 어느 날 때아닌 진눈깨비가 추적거리는데, 그 시즌 마지막 수업을 마치고 구립 문화센터를 나서던 대평을 뒤쫓아오며 불러 세우는 목소리가 있었다.

"지 선생, 나랑 딱 한잔 하시겠소? 날씨도 이런데…."

전도사라면 당연히 금주하는 걸로 알고 있던 터라 좀 뜻밖이었지만 내색하지 않고 대평은 그러자며 근처 뒷골목의 실내포차로 그를 안내했다. 오뎅꼬치 몇 개와 소주 한 병을 나누는 동안 그에게서 들은 얘기의 요지는 이런 것이었다.

민 전도사가 지도해 온 독서반에 소년원 출신 아이가 하나 왔었다. 중학교 때부터 상습 폭행으로 삼 년가량 소년원을 들락거리다 나와 누나가 다니던 교회에서 심방을 나온 민의 권유로 독서 수업에 나오게 되었다고 한다. 독서반에서는 시즌마다 지정 도서와 자유선정 도서를 각각 한 권씩 다루는데, 이 아이는 다른 책엔 관심이 없고 오로지 성경만 읽어 왔다. 이따금 집에서 제가 궁금한 것들을 메모해 와 전도사인 민으로서도 생각해 본 적 없는 문제를 제기해 당황스럽게 만들기도 했다.

지난번엔 수업 시간 대부분을 멍하니 창밖만 내다보고 있던 녀석이 느닷없이 손을 들더니 물었다. 선생님, 요나서를 보면 하나님은 끝까지 요나를 괴롭히는데요, 꼭 그래야만 요나가 착한 사람이 되는 건가요? 아마도 녀석은 요나 선지자가 사막으로 가서 초막을 짓고 아주까리 그늘에서 간신히 더위를 피하며 살 때 하나님이 벌레를 투입하여 아주까리를 시들게 만들고 뜨거운 동풍을 보내는 대목을 얘기하는 듯했다. 요나는 그때 이렇게 울부짖는 걸로 나와 있다. "이렇게 사느니 죽는 것이 낫겠습니다." 민 전도사는 난감한 중에 이렇게 얼버무렸다고 한다. 하나님의 시험이 혹독할수록 인간의 영혼은 더 성숙한다는 가르침을 주려는 거겠지…. 하나님의 사랑이 컸기 때문에 요나의 시련도 계속됐던 게 아닐까. 녀석은 그 말을 숙고하는 듯 진지한 눈빛으로 고개를 주억거리더니 수업이 종료되기 전에 슬그머니 일어나서 가버렸다. 그리고 오늘 마지막 수업엔 오지 않았다고 한다.

착실히 나오던 아이의 결석이 신경이 쓰여 수업을 서둘러 마치고 그 누나에게 전화를 했더니 동생이 폭력배들에게 당해 병원에 입원해 있다고 전했다. 한때 복서 지망생이었던 그가 전혀 맞서 싸우지 않고 일방적으로 두들겨 맞아 더 심한 부상을 입었다는 것이다. 여기까지 얘기한 민 전도사는 소주병에 남은 술을 탈탈 털어 마시더니 탄식하듯 내뱉었다.

"렉시오 디비나! 그 아이는 이른바 성독聖讀을 한 겁니다, 하! 거기에 비해 나는 하나님 말씀을 팔아 열심히 제 살 궁리만 해온 사이비 신앙인인 거죠. L-E-C-T-I-O D-I-V-I-N-A…. 성스러운 독서라는 뜻의 라틴어입니다. 신학교 다닐 때는 들을 때마다 가슴을

구자명

떨리게 했던 그 말이 이젠 한낱 관념적 수사로만 다가오는 삶을 살고 있는 거지요, 부끄럽게도!"

민 전도사는 말을 마치며 자괴감이 치받쳐 오르는지 두 손으로 빨개진 얼굴을 감싸 안았다.

수십 년도 더 된 그 일이 어제인 듯 떠오르며 '렉시오 디비나'란 단어가 기억의 귓전을 두드린 것은 호야 이모의 독서노트에서 욥기 필사록과 그 밑에 적힌 '자해自解'라고 표시된 메모를 보고 나서였다. 구약 중에도 분량이 많은 편에 속하는 욥기를 가지런한 정자체로 필사해 놓은 것과 달리 반 페이지 남짓한 분량의 그 길지 않은 메모는 휘갈겨 쓴 듯한 좀 어지러운 글씨로 되어 있었다. 뭔가 심리적 동요가 있었음이 확연히 느껴지는 대목이었다.

'하느님, 당신의 도구로 저를 다시 써주소서. 다만 심하게 망가뜨려진 제 마음의 병을 먼저 고쳐 주시고 나서 그렇게 하소서. 저는 지금 당신이 심히 원망스럽나이다. 다시는 대면하고 싶지도 않나이다. 당신 말씀대로 어김없이 살아왔건만 제 마음에는 평화가 하나도 없나이다. 당신이 애초에 약속하신 땅은 어디에 있습니까. 그곳으로 가며 의지하라고 던져 주신 지팡이는 닳고 낡아 못쓰게 되었나이다. 몽당 빗자루처럼 되어 버린 지팡이에 제 지친 몸을 어찌 더 의지할 수 있겠나이까. 당신이 그 지팡이로 가리켰던 약속의 땅은 다가가면 갈수록 멀어지고 있는 듯하옵니다. 하느님, 이 고통스런 욥의 기록을 통해 당신은 제게 새 지팡이를 내려주시는 것입니까. 다시 출발하라고 명하시는 것입니까. 저는 다시 일어나가야만 하는 것입니까. 당신의 사랑은 그렇게 고통으로밖에 오지 못하는 것입니까. 말씀해 주십시오! 정녕 고통이 당신의 사랑입니까. 그렇다면 저는 욥처럼 엎드려 승복하고 당신이 새로이 던져 주는 그 지팡이를 주워 들겠나이다. 끝이 보이지 않는 그 길에 다시 오르겠나이다. 하지만 지금 저는 당신의 땅으로 가는 그 기약 없는 길 위에 주저앉아 울고 있는 지친 나그네일 뿐입니다. 하느님, 저를 가엾이 여기시어 제 영혼의 상처를 매만져 주소서. 그 상한 마음을 고쳐 주시어 당신이 창조하신 이 고통의 세상을 저 또한 가엾이 여겨 함께 어루만지며 나아갈 수 있게 하소서. 그리해 주시면 당신이 내리시는 새 지팡이를 짚고 다시 일어나 보겠나이다. 아, 고통이고 사랑이신 나의 주님!'

수도사의 고백록 같기도 한 그 메모는 뜻밖에도 반전의 요소를 품고 있었다. 호야 이모의 삶에 대해 누군가 인물평전을 쓴다면 그녀가 산 외적 삶에 대해 듣거나 알아온 것과 이렇게 자기 내면을 토로한 내용에서 드러난 것이 상호 모순적이라 과연 그녀의 진면목이 무엇인지 헷갈리지 않았을까 싶었다.

대평이 보고 듣고 이해한 한도 내에서 호야 이모라는 인물은 시들지 않는 해바라기 같은 사람이었다. 햇빛이 있을 때나 없을 때나 한결같이 향광성이라 이처럼 응축되고 그늘을 품은 눅눅한 상태의 모습을 보인 적이 없었다. 그녀는 신체적 장애를 지니고도 못 하는 일이 없을 정도로 다재다능하고 활동적이었으며, 성품이 부지런하고 명랑하여 주변에 늘 도움과 편안함을 주었다. 그리고

구자명

무엇보다 신분, 성별, 나이에 관계없이 누구 앞에서도 당당하여, 비록 그 특이한 외양이 시속時俗의 편견을 더러 불러일으키긴 했지만 아무도 낮잡아 보지 않았다. 천주교 신자지만 불자들이 좋아하는 '보살'처럼 생각하는 이들도 적지 않았다.

그런데 이 고백록에서 그 '보살' 여인은 자신을 고통스런 인생 여로에서 상처 입고 주저앉은 무력한 존재라고 하지 않는가! 그녀는 대체 어떠한 아픔들을 혼자 삭이며 살았기에 이렇게 남몰래 고통스러워했을까? 그녀가 밖으로 내뿜었던 빛의 에너지만큼이나 그 연료로 소모한 어둠의 에너지가 컸던 것일까?

대평은 여러 해 전에 겉핥기로나마 읽어 본 아우구스티누스의 『고백록』에서 인상적이었던 한 대목을 상기했다. 오랜 세월 방탕한 삶에 빠져 있던 그가 어느 날 한심한 존재로 전락한 자신을 돌아보며 고민하고 있을 때 어디선가 "집어서 읽어라" 하는 어린아이의 목소리가 들려왔다. 그는 뭐라도 집어서 읽어야겠다는 생각에 집으로 돌아와 맨 먼저 눈에 들어오는 책을 집어 펼쳐 보았는데, 바로 사도 바오로의 로마서 13장 13절이었다. 이를 읽고 충격을 받은 아우구스티누스는 삶의 대전환기를 맞는다는, 뭐 그런 내용이었다.

이름 없는 촌부인 호야 이모가 욥기를 읽고 쓴 고백록과 대성인 아우구스티누스의 『고백록』을 비교한다는 것은 아마도 무리한 처사일 것이다. 하지만 대평은 왠지 두 사람 모두 험난한 오지의 길을 가다가 부상을 입고 쓰러져 구조의 손길을 기다리는 순례자처럼 느껴졌다. 어쩌면 호야 이모의 욥기 독서나 아우구스티누스의 로마서 독서는 민 목사가 얘기했던 '렉시오 디비나'로 간주될 수 있는 어떤 것이어서 그들은 그 성독의 깨우침에 의지하여 나머지 여정으로 나아갈 수 있었던 게 아닐까. 그들은 그렇게 하느님의 지팡이를 얻은 셈이었던가. 그것이 신이 그들에게 내린 은총이고 사랑이었던가….

창밖엔 어느새 촘촘한 어둠이 내려앉고 기차는 종착역에 거의 이른 듯했다. 곧 잊으신 물건 없이 안녕히 가시라, 는 방송이 흘러나올 것이다. 대평은 독서노트를 백팩에 챙겨 넣고 휴대폰을 열어 보았다. 인실에게서 문자 메시지가 들어와 있었다. '먼길 왕림해 함께해 주신 덕분에 숙제 하나를 해결하게 되었어요. 혼자선 많이 떨렸거든요.' 그가 가면서 필시 독서노트를 읽으리라는 예측의 멘트도 덧붙여져 있었다. '요다 사부님 포스의 비밀을 좀 엿보셨나요?'

'차차 더 공부하며 보이는 게 있음 나눌게요. 아마도 그마저 내 이야기가 될 것 같지만.'

대평은 마음속으로 답을 한 후 일어서다가 도로 주저앉았다. 승객들이 하차 준비를 하고 있는 환히 밝혀진 열차의 차창 너머 어둑한 건너편 플랫폼에서 얼핏 낯익은 뒷모습을 본 듯했다. 오버사이즈 망토를 입은 노인의 환영…. 광선검도 지팡이도 아닌 낡은 유모차에 의지해 절뚝이며 요다 마스터가 '깊은 데'로 사라지고 있었다.

환대

최
서
윤

　　　　　돌무더기 벌판이 끝없이 펼쳐져 있다. 날카로운 회색 빗면의 돌산이 멀리 보이고, 오른쪽에 둥그런 수평선을 그린 이식쿨 호수가 넘실거린다. 차를 타고 오는 동안 질리도록 본 풍경인데 차에서 내려선 순간, 눈을 가렸던 검은 수건이 풀린 것처럼 낯설다. 호수 쪽에서 서늘한 바람이 불어온다.

　– 저쪽으로 가시죠?

　흙먼지를 일으키며 작아지는 택시 뒷모습을 바라보고 있을 때 정욱이 재촉했다. 앞장서 걷던 그가 멈춰 서서 카메라를 내밀었다. 졸업논문 지도교수님께 인증샷을 보내야 한다며 사슴, 염소, 코뿔소가 그려진 표지판 옆에서 포즈를 취했다. 암각화 앞에서도 한 장 찍고 카메라를 돌려주었다.

　돌무더기 사이를 세차게 오가는 바람 때문에 걷는 것뿐 아니라 숨 쉬는 것도 힘들지만 빨리 돌무더기 한가운데로 들어서고 싶었다. 정욱은 바위에 그려진 그림을 하나씩 들여다보며 감탄하고, 사진을 찍느라 자주 멈춰 섰다. 내가 먼 곳을 휘휘 둘러보다가 그에게 말했다.

– 우리 각자 둘러보고 저 앞 표지판에서 만나자.

돌무더기 사이 길이 여러 갈래로 뻗어 있다. 어느 쪽으로 가야 돌아오는 길을 잃지 않을지 알 수 없었다. 내가 서 있는 표지판 주위를 유심히 살펴보았다. 위쪽에서부터 언덕이 비스듬히 흘러 내려와 평지가 시작되는 부분이었다.

빠르게 걷다가 멈춰 섰다. 그동안 숨을 쉴 수 없을 만큼 가슴에 차오르던 것이 무엇인지 몰랐는데 혼자 있으니까 울고 싶어졌다. 눈물을 흘리다가 손등으로 눈물을 닦으며 어이없어서 웃었다.

먼 옛날 이곳에 살며 바위에 그림을 그리던 사람들은 돌무더기를 마을의 화석으로 남기고 어디로 갔을까? 나는 오래전에 고향을 떠났다 돌아온 사람처럼 그곳에 서 있었다. 아득한 시공간을 헤매다가 현재로 돌아왔다.

지금 나와 가장 가까운 사람은 누굴까? 얼마 전까지는 남편을 가깝다고 생각했다. 그가 어리석은 내 확신을 비웃듯 나를 기만한 것을 알고 나자, 결혼해서 가꿔 온 집이 집착의 울타리로 보였다. 그곳을 벗어나려고 할 때 어머니가 막아섰다.

어머니는 여자가 아기 밥통을 두 개씩이나 몸에 지니고 태어난 것은 다 뜻이 있다며 또 동굴 속의 호랑이 얘기를 꺼냈다. 부부는 한 동굴 속에서 호랑이와 곰처럼 사는 거라고, 어려움이 있더라도 둘 중 한 명은 그 안에서 사람이 될 때까지 참고 견뎌야 한다고, 그러면 둘 사이에서 낳은 자식들이 짐승이 아닌 인간의 자식으로 자랄 수 있다고.

최서윤

어머니 본인도 좁고 어두운 동굴을 견디지 못하고 뛰쳐나왔으면서, 그래서 나는 곰이 되고 오빠는 호랑이가 되었는데, 왜 나한테 인간이 되라고 강요하냐고 대들 순 없었다. 곰 혼자서 호랑이 자식들을 키우느라고 고생하는 것을 보았기 때문이다.

— 요즘은 세상이 바뀌었어요. 곰이 뛰쳐나가고 호랑이가 참고 견뎌서 인간으로 기르는 집도 있다구요!

어머니는 내 말을 못 들은 척했다.

— 가정은 여자가 지키는 거다. 남자들은 원래 들락날락 살던 사람들이다. 한군데 꼭 붙잡혀 살다 보니 답답해서 그런 거야. 사위가 짝을 바꿔치기하고 싶어서 그런 것이 아니라 잠시 바람을 쏘인 거라는데, 모르는 척하고 넘어가라. 남자의 바람기에 이혼으로 맞서면 이 세상에 남아 있을 가정이 몇이나 되니? 아직 어린 아이들을 봐서 참고 살아라.

웅녀 신화로 시작한 어머니 얘기가 호랑이 담배 피우던 시절에서 끝났다.

'어머니의 지당하신 말씀 알고말고요. 남편이 밖에 나가서 신바람을 묻히고 다녔다는 것을 알고 나니까 저도 바람을 쏘이고 싶어졌어요.'

상심한 마음을 달랜다고 나선 여행길에서 지금 나와 가장 가까운 거리에 있는 사람은 돌무더기 속에서 암각화를 들여다보고 있는 정욱이다.

오늘 아침에 게스트하우스 마당 식탁에서 그를 만났다. 어디서

왔고, 어디로 갈 거라는, 실크로드에서 만나는 여행객들이 흔히 주고받는 말들이 오간 뒤에 그가 물었다.

— 오늘 계획 있어요? 암각화 유적지를 둘러보려고 하는데 같이 가실래요?

— 오전엔 피곤해서 쉬려고. 오후엔 이식쿨 호수에서 물놀이하기로 돼 있어.

정욱이 암각화 유적지가 숙소 가까이 있다며 함께 점심 먹고 나서 잠깐 둘러보자고 했다.

— 그래? 그럼 거기 갔다가 아브로라 호텔에 같이 갈래? 호텔 후원이 투숙객들만 출입할 수 있는 이식쿨 호숫가에 닿아 있어.

*

나는 아브로라 호텔행 버스에서 운전석 뒤 빈자리에 앉았고, 정욱은 건너편 문 뒤에 앉았다. 버스 기사가 바깥에서 다른 기사들과 느긋하게 이야기를 나누고 있으니 언제 떠날지 알 수 없었다. 지루함을 달래려고 핸드폰을 꺼냈다. 남편한테서 통화할 수 있냐는 문자가 와 있다.

오랜만에 찍힌 남편 번호가 낯설었다. 통화 안 하기로 했는데, 무슨 일이 생겼나 망설이다가 통화 버튼을 눌렀다.

— 거기 어디니?

— 키르기스스탄, 왜?

최서윤

내 귀에도 거슬릴 만큼 퉁명스런 목소리가 나왔다.

— 올 수 있어?

전화를 걸 때부터 불안했는데 대뜸 올 수 있냐고 묻자 무슨 일이 생겼구나, 떨리는 목소리가 나왔다.

— 무슨 일이야?

— 어… 장모님께서, 돌아가셨어.

어머니가 낮잠을 자다가 돌아가셨다는 남편 설명을 들으며 방금 전 돌무더기 벌판에서 쏟은 눈물이 떠올랐다. 피부에 와닿던 따가운 햇빛과 찬바람의 감촉까지 되살아났다.

*

아득한 모래사막을 타박타박 걷는 낙타의 행렬, 서쪽 하늘로 퍼져 나간 핏빛 노을, 가슴 깊숙이 고여 있는 슬픔에 파문을 일으키던 음악…. 오래전 실크로드 다큐멘터리를 보았다. 두 아이를 키우며 아등바등 살아내는 내 일상과 너무 동떨어져서 아득한 곳, 언젠가 가보겠다고 벼르면서도 정말 갈 수 있을까 자신 없어 하던 실크로드 여행을 가기로 했다. '나'라는 씨줄과 '너'라는 날줄이 얽어내는 무늬, 원하는 것과 원치 않는 것들이 씨줄과 날줄로 얽혀 있는 비단길. 사람살이란 이런저런 욕망에 끌려다니며 환상의 무늬를 짜는 일이 아니던가?

남편이 나 몰래 다른 여자를 만나 온 것을 알고 나자 앞으로 그와 무심하게 일상을 함께할 수 있을 거 같지 않았다. 지난 기만을 되새김질하면서 상처를 후벼파고, 다가올 기만을 의심하며 불안해할 미래가 두려웠다.

결혼 초에 이혼을 말렸던 어머니가 원망스러웠다. 남편이 연애 시절에 알던 사람이 아니라는 것을 결혼한 뒤 바로 알았다. 깊은 수렁에 빠지기 전에 벗어나자. 11월에 결혼하고 이듬해 2월에 이혼하기로 했다. 어머니가 내 앞에 평소에 한 알씩 드시는 신경안정제를 한 움큼 꺼내 놓았다. 그녀는 이 땅에 이혼이라는 단어가 낯설던 시절에 이혼했다.

― 네 고집대로 이혼을 하겠다면 난 이걸 한꺼번에 먹을 거다.

생업의 짐을 지고서 팍팍한 현실을 살아내는 당신도 때로는 바람에 갈기를 휘날리며 광활한 벌판을 내달리는 준마가 되고 싶겠지. 그런 욕망이 부부라는 시소 끝에 마주 앉은 내게 갑자기 땅바닥에 내려 찧는 낭패감을 주었지만, 그 끝에 누굴 앉혀 놓아도 오르락내리락 리듬은 변하지 않아. 가운데 앉아 있는 아이들을 내던지고 홀로 허공의 앞뒤를 오가는 그네로 옮겨갈 순 없잖아. 신과 동물 사이를 오가는 사람살이에 꼭 필요한 것이 타협이라지. 우리가 부부의 피륙을 계속 짜려면 얽히고 꼬이면서 가는 거야. 일상의 답답함을 벗어나 욕망대로 치닫고 싶었던 당신, 이해해. 대신 나도 결혼 휴가를 떠나야겠어.

남편은 내가 그쯤에서 물러난 것이 다행이라는 듯 석 달 동안 나 홀로 실크로드 여행을 하겠다는 제의를 반겼다.

최서윤

그런데 어머니가 그 험한 곳에 왜 여자 혼자 가려고 하냐며 말렸다. 늙고 무력해진 어머니는 이제 어릴 때 그녀의 짐이던 내게 의지하면서도 그 사실을 모르는 듯 고집 센 노인이 되어서 고삐와 회초리를 꼭 쥐고 있었다.

나는 어머니에게 반항하듯 소리쳤다.

– 이혼도 못 하게 하면서, 이런 거도 못 하게 하면 나더러 숨 막혀 죽으라는 거야!

어머니가 기운 없이 말했다.

– 그래, 잘 다녀와라.

＊

죽음의 사막 타클라마칸 횡단을 일정에 끼워 넣었다. 카슈가르에서 우루무치까지 침대 버스를 타고 가면서 목숨 걸 일 따위는 없었다. 비장한 각오는 우습게 끝이 났다. 지겨울 정도로 차를 탄 기억만 있다. 버스는 황량한 산골짜기를 줄기차게 달렸다. 암석 골짜기와 모래벌판을 지나가다 소금기가 허옇게 말라붙어 있는 골짜기가 나오고, 톈산산맥의 눈 녹은 물이 숨어서 흐르다 뿜어져 나와 오아시스에서 강이 흐르고, 푸른 들판이 나오고, 작은 마을이 나왔다. 다시 모래 바닥을 드러낸 강을 지나 또다시 모래 언덕…. 버스는 달리고 달렸다. 창밖으로 보이는 비슷한 풍경이 졸음을 일으켰다. 나는 졸린 눈으로 바깥 풍경을 흘려보냈다. 끝없이 펼쳐진 사막 한가운데를 달리는 고속버스 안에서 반수면 상태로 지냈다. 버스가 가끔 허허벌판 휴게소에서 멈추면 잠결에 화장실을 다녀와 버스를 놓치지 않고 타는 것이 가장 큰 고행이고 미션이었다.

사막 남쪽 끝을 돌던 버스가 호탄을 지나면서 사막 한가운데로 파고들었다. 비몽사몽간에 눈에 들어오는 것은 끝없이 펼쳐진 회색빛 바위, 모래사막. 어떤 때는 새벽이었고, 밤이었고, 저물녘이었다. 거대한 골짜기를 통과하고 나서 늘어선 풍력발전소 뒤로 우루무치 시내 불빛이 보이기 시작했다.

어려움은 예상치 않은 곳에 있었다. 키르기스스탄 카라콜 호텔에서 아침을 먹으러 내려갔을 때 단체손님들로 붐볐다. 기다리는 동안 로비에 꽂혀 있는 사진엽서를 들여다보았다. 텐샨 봉우리 회색 암석에 둘러싸인 비취색 물빛의 호수가 신비로웠다. 사진 밑에 '신의 호수'라는 이름을 본 순간, 가보고 싶은 마음이 미풍처럼 일었다. 풀 한 포기의 생명도 용납지 않을 것 같은 냉혹함과 모든 것을 수용할 듯한 자애로움. 신의 양면성을 극명하게 보여주는 사진엽서를 보면서 이번 여행뿐 아니라 지금까지 내 삶 전체가 그곳에 가닿기 위한 여정처럼 느껴졌다. 그 시각 그 호텔에 머무르는 것, 때마침 단체 여행들로 식당이 북적이는 것까지 엄청난 인연으로 여겨졌다.

호수 이름 옆에 있는 '해발고도 4,525미터'는 나를 밀어내면서 유혹했다. 트레킹 사무소를 찾아가서 호수에 가는 방법을 알아보고, 가이드를 안내받고, 그곳에 머물 예정일을 넘기면서까지 함께

최서윤

차를 타고 갈 동행자를 기다릴 때, 처음의 미세한 마음의 움직임이 강렬한 욕망으로 변해 있었다.

트레킹 당일, 호수 근처에 이르러 고소증으로 가슴이 답답해지고 숨이 가빠 왔다. 발뒤꿈치에서 쥐가 나더니 허벅지까지 뻗어 올라왔다. 심장 쪽으로 올라가면 심장마비가 올 거라는 두려움에 주저앉아서 팔과 다리를 주무르며 그만 가자, 여기까지 와서 포기할 수 없다고 갈등했다. 일어나서 몇 걸음 걷다가 다시 주저앉기를 반복하며 뒤처졌다. 텐샨 꼭대기에서 나 홀로 죽을지 모른다는 공포감도, 동행인 프랑스 남자의 그만 올라가라는 권유도, 사진을 찍어다 줄 테니 여기서 기다리라며 카메라를 달라고 손을 내밀던 키르기스스탄 가이드의 제안도 뿌리쳤다. 왜 그토록 무리했는지 모르겠다. 그 순간 호수까지 가는 것을 포기하면, 앞으로 사는 동안 내내 내가 원하는 것의 언저리를 맴돌 거라는 예감이 죽음보다 두려웠다.

호수에 다녀온 다음 날 온몸의 근육통과 함께 미열이 나고 몸살기가 있었다. 타슈켄트로 떠나기 전에 며칠 쉬려고 이식쿨 호숫가 휴양지 졸폰아타에 들렀다. 게스트하우스 주인 올랴가 부용꽃으로 둘러싸인 마당 식탁에 아침식사를 차려 주었다. 한가한 듯 식탁 옆에 붙어 앉아서 이런저런 얘기 끝에 일일 투어를 권했다. 그녀가 나를 유치원생처럼 데리고 나가 태워 준 관광버스에는 잠든 사람들이 반쯤 타고 있었다.

첫 번째 방문지 그리고리에브카 협곡에서 내리는데 낯선 여자가 다가와 활짝 웃으며 한국인이냐고 물었다. 그녀는 검은 머리카락이 이마를 반듯하게 내리덮은 단발머리의 삼십대 초반의 키르기스스탄 여자로 검은 눈동자와 또렷한 이목구비가 클레오파트라를 떠올리게 할 만큼 미모였다. 알초폰이 제 이름을 알려주고는 곁에 있는 일행을 소개했다. 깔끔한 차림으로 미소 짓고 있는 백인 노신사 이안은 런던에 사는 의사인데 해마다 중앙아시아로 여름 휴가를 온다고 했다. 나는 그들과 함께 다니며 계곡을 구경하고, 송어구이로 점심을 먹고, 온천욕을 했다. 돌아오는 관광버스에서 먼저 내리는 알초폰이 같이 내려 저녁을 먹자고 했다.

그들이 투숙하고 있는 아브로라 호텔은 투숙객들만 드나들 수 있는 이식쿨 호숫가의 우거진 숲을 후원처럼 거느리고 있었다. 알초폰이 숲 속 호숫가 카페로 안내했다. 호수 주위에 늘어뜨린 빨강, 초록, 노랑, 파랑 꼬마전구가 검은 호수 위에서 반짝거렸다. 천막 지붕이 쳐진 평상 위에 올라가 앉았다. 보드카와 콜라를 나란히 따라 놓고 원샷을 권하는 알초폰과 함께 취기가 깊어 갔고, 세 나라 사람이 취중에 영어로 나누는 대화는 얕았다. 이안이 화장실에 간 사이 알초폰이 버스에서 내리던 나를 반긴 이유를 고백했다. 한국 남자와 삼 년 동안 연애를 했다고, 돌아온다고 하고 떠난 그가 무슨 사정인지 못 오고 있지만, 아직 그를 기다리고 있다고.

최서윤

　비키니 수영복 위에 비치가운을 걸친 알초폰이 호텔 로비에서 수많은 통화 끝에 항공권을 예약했다. 그녀가 침착한 목소리로 도와줘도 되겠냐고 물어 온 것은 나와 정욱이 항공권 예약에 실패한 뒤다. 지구를 오른쪽으로 돌든, 왼쪽으로 돌든, 그 둘 사이를 왔다 갔다 하든 어머니 장례식 전에 도착할 수 있다면 비행기를 수없이 갈아타더라도 가려고 했다. 두바이, 북경, 모스크바, 파리, 뉴욕, 봄바이… 어디를 거쳐 가더라도 키르기스스탄을 빠져나가야 하는데 그 표를 구할 수 없었다. 알초폰이 여행사 친구를 통해서 매진된 타슈켄트행 티켓을 예약해 주었다.

　— 미세스 초이, 이제 됐죠? 내일 아침에 숙소로 택시가 갈 거고, 그거 타고 가면 내 동생을 만나서 다 해결될 거예요. 이제 뭐 좀 마십시다.

　그동안 수영복 차림의 이안이 객실에 올라가서 어제처럼 단정한 양복 바지와 셔츠로 갈아입고 내려왔다. 그를 올려다본 알초폰이 자기도 옷을 갈아입고 오겠다며 우리에게 어제 갔던 카페에 먼저 가 있으라고 했다.

　저녁이 가까워진 시간인데 호수에서 수영하는 사람이 몇 명 있었다. 카페 직원들은 저녁 손님 맞을 준비로 분주했다. 어제 앉았던 바깥 평상으로 갔다. 호수 위에 떠 있는 배가 어둠 속에 감추었던 낡고 조잡한 모습을 드러냈다. 평상 테이블도 화장 지운 여자 얼굴처럼 부스스하니 지쳐 보였다. 영업 시간 전인데 카페 건물 출입문 옆 무대에서 음악 소리가 들려왔다. 연하늘색 새틴 차이나 카라 롱 슬리브리스 드레스를 입은 갸녀린 몸매의 여자가 밴드와 노래를 맞춰 보고 있었다.

　손님 맞을 준비를 하는 스태프들을 찾아다니며 독려하던 매니저가 일을 마친 듯 우리 테이블로 다가왔다. 어젯밤에 만났던 그가 내게 아는 척을 하며 인사를 건넸다. 알초폰이 그에게 내 어머니의 죽음을 알리자 놀란 표정으로 양복 깃을 여미고 조의를 표했다. 그가 술을 한잔 마시고 돌아가자 가볍게 춤을 추며 발라드풍 노래를 세 곡 부른 여가수가 왔다. 알초폰은 그녀에게도 내 어머니 소식을 전했다. 놀란 눈을 동그랗게 떠 보인 가수도 조의를 표했다. 그러고는 잠시 후 무대로 돌아가야 하기 때문인지 알초폰과 빠른 속도로 얘기했다. 그들 곁에서 이안과 정욱, 나는 말없이 술잔을 주고받았다. 알초폰은 저희들끼리 현지어로 말하는 것이 미안한 듯 틈틈이 가수를 소개하고, 두 사람이 나누는 말을 통역해 주었다. 그녀는 낮에 고등학교에서 영어를 가르치고 밤에는 카페에서 노래를 부른다고 했다. 중학생 딸과 사는 싱글맘이라며 좋은 사람 있으면 소개하라고 했다. 영어 선생이라니 알초폰이 하는 말을 모를 리 없는 가수가 꺄르르 웃었다. 오목조목 작은 얼굴에 이마에 여드름까지 나 있어서 앳돼 보이는 그녀가 틀어놓고 온 음악이 세 곡쯤 끝나갈 때 자기 앞에 놓여 있는 술을 홀짝 마시고 갔다. 나는 친구와 수다를 떨다 뛰어가는 여가수의 뒷모습을 보며 어머니를 떠올렸다.

─ 우리 엄마는 혼자서 세 아이를 키우느라 고생을 많이 하셨어요.

─ 자, 미세스 초이 마셔요.

알초폰이 보드카 잔과 콜라 잔을 채워 놓고 나를 바라보았다. 술잔을 들고서 흐르는 눈물을 감추려고 호수 쪽으로 얼굴을 돌리자 이안이 말했다.

─ 미세스 초이, 사람은 누구나 죽어요.

─ 그렇죠? 나도 언젠가 죽을 테니까.

술잔을 털어 넣고 말을 이었다.

─ 이제 마음이 좀 편해지네요. 엄마가 나보다 먼저 갔을 뿐 영영 헤어진 게 아니라는 생각이 들어서요.

알초폰이 잘 먹고 기운을 차려야 한다며 안주 접시를 내 앞으로 가져다주고 하늘을 가리키며 말했다.

─ 어머니는 벌써 천국에 가 있을 테니 걱정 말아요.

─ 그럼 엄마는 내가 여기서 친절한 사람들에게 둘러싸여 있는 거 다 보고 계시겠죠?

알초폰이 술잔을 들어 보였다. 정욱도 잔을 들어 보이며 말했다.

─ 게다가 이렇게 국제적인 조문까지 받으시고, 지금 한국, 영국, 키르키 삼국 대표 조문단이 모인 거예요.

그의 재치 있는 말에 나도 따라 웃었다.

여행 중인 사람들이 각자 지나온 곳과 앞으로 갈 곳에 대한 이야기를 하며 취기와 함께 분위기가 고조되어 갔다. 옆에 있는 나무 기둥에 달린 스피커에서 나오는 노래를 따라서 흥얼거리던 정욱이 저기 좀 보라고 했다.

– 야! 필 받았네. 아까는 조심스럽더니 일을 하는 게 아니라 즐기고 있어.

주름 풍성한 미니스커트로 갈아입은 여가수가 좁은 무대를 폴짝거리고 뛰어다니며 재즈풍 노래를 부르고 있었다. 짙어진 어둠 속에서 분장실처럼 어설퍼 보였던 주변 모습들도 막 오른 연극 무대처럼 생기를 띠었다. 우리는 이야기를 멈추고, 술 마시는 것도 멈추고, 관객이 되어서 가수를 바라보았다. 노래와 춤으로 만든 환상의 배에 실려 어두운 호수 위에서 흔들릴 때 가끔 서늘한 바람이 지나가며 현실감을 일깨웠다.

내가 내일 아침 일찍 비슈케크로 떠나야 해서 열 시쯤 술자리를 끝냈다. 워낙 일찍 마시기 시작했고, 누군가의 죽음을 앞에 놓고 마시는 문상객들이 자주 잔을 채워 주고받더니 모두 취해 있었다. 주량이 와인 두 잔이라는 이안은 어제에 이은 폭음으로 호텔로 걸어갈 때 많이 비틀거렸다.

– 노! 리아 데 리앙.

앞서 걷던 그가 어둠 속에서 지휘하듯 두 팔을 휘저으며 프랑스 여가수 에디뜨 삐아프의 '후회하지 않아'를 부르기 시작했다.

– 우리 엄마 노래예요!

이안이 돌아서서 다가왔다. 내 귀에 얼굴을 바짝 대고 노래를

최서윤

계속했다.

　─ 우리 엄마는 그렇게 사셨어요. 그 여자처럼 용감하게, 불행하게… 그러니까 후회하지 않을 거예요!

　또다시 눈물이 쏟아졌다. 술 마시는 동안 내가 분위기를 흐릴까 봐 슬픔을 감추고 앉아 있는 것을 보고서, 틈틈이 애도를 표한다고 말하던 섬세한 그 남자는, 그 순간에 어울리는 노래를 밤하늘이 쩡쩡 울리도록 불러젖혔다.

　아니야 그 무엇도
　아니야 난 그 무엇도 후회하지 않아
　내가 겪었던 좋은 일도
　나쁜 일도 모두 마찬가지일 뿐!

　별이 총총했다. 호수가 검은 거울이 되어 불빛을 반사하며 일렁였다. 아브로라 호텔은 승객을 가득 태운 커다란 여객선처럼 밤하늘 아래 정박해서 하얗게 빛나고 있었다. 지구별 승객 중 내 엄마가 내린 날 밤, 세상은 아무 일 없다는 듯 고요했다.

*

　알초폰 동생을 만나면 예약해 둔 항공권을 구입하고 헤어질 생각이었다. 알초폰의 도움은 항공권을 구해 준 것까지만 받으려고 했다. 그녀가 혼자 있으면 안 된다고 자기 식구들과 같이 지내라고 했지만 나는 혼자 있고 싶었다. 그런데 현금인출기의 카드 출금이 말썽을 부렸다. 만약을 대비해서 가져간 비자, 마스터 두 카드를 번갈아 사용해서 찾은 돈으로 항공권을 구입하자 이백 불이 채 안 되는 돈이 남았다. 그것으로 숙소를 잡고 공항까지 택시를 탈 수 있을지 불안했다.

알초폰의 여동생 '아이다이'는 스페인어를 부전공으로 하는 영문과 학생이었다. 함께 차를 타고 가는 동안 한국 드라마와 영화를 많이 봤다며 내게 호감을 보이더니 자매 이름이 지닌 뜻을 설명해 주었다. 알초폰(아이졸폰)은 '샛별 같은', 아이다이는 '달 같은' 뜻의 키르기스스탄 말이었다. 유럽풍 석조 건물 사이로 넓은 도로가 뻗어 있는 비슈케크 시내를 벗어나서 삼십 분쯤 달리자 목초지와 밭, 목조 가옥이 모여 있는 외곽이 나왔다. 작은 개울이 흐르고, 드문드문 있는 집 마당에 호두나무와 체리나무가 자라고 있는 한적한 시골 마을 비포장길로 들어섰다. 택시가 커다란 대문이 열려 있는 집 마당에서 멈춰 섰다.

넓은 마당에 방갈로와 야외 평상이 있고, 이층 본관 건물에는 카페와 객실이 있었다. 알초폰이 여름 한철 관광객을 상대로 운영하는 그곳의 관리를 맡고 있었다. 이안과 휴가를 떠난 동안 동생이 대신 관리한다고 했다. 알초폰의 어린 남매를 돌보는 친정어머니도 와 계셨다.

아이다이가 안내하는 방에 들어가 여행가방을 침대 곁에 두고

　　　　　　　　　　　　　　　　　　　최서윤

누웠다. 남편 전화를 받은 뒤 꼬박 하루가 지났다. 내가 처한 현실이 몸을 뒤척일 때마다 삐꺽거리는 침대처럼 낯설었다.

'나 때문에 돌아가신 거야.'

기력이 쇠한 노인한테 얼마 전에 나 때문에 겪은 일들이 부담이었던 거야. 혹시 우리에게 감추고 계신 병이 있었을까? 내 일에 골몰했던 나는 어머니의 건강 상태를 살펴볼 여유가 없었다. 엄마는 내가 이혼한 엄마 밑에서 자라 이혼하게 되었다는 말을 듣게 되는 것을 두려워했다. 그런 엄마를 위해 내 맘대로 살지 않겠다던 알량한 효심은, 엄마 때문에 원치 않는 삶을 산다는 원망으로 변하곤 했다.

팽팽하게 긴장돼 있던 신경이 더 이상 견디지 못한 듯 잠이 들었다. 바람 소리에 깨면서 창밖에 서 있는 나뭇잎이 흔들리는 것이 보였다. 여기가 어딘가 떠올리다가 가슴 밑바닥에서 올라오는 아픔이 느껴진 순간 잠에서 완전히 깨어났다. 내가 기억하지 못하는 나의 최초 삶부터 기억하는 내 삶의 보증인 엄마와 함께 내 과거가 뭉텅 잘려 나간 듯 아리고 허전했다.

창밖에서 맑은 물소리가 들려왔다. 창틀에 기대서서 가느다란 관을 통해 연못으로 떨어지는 물줄기를 바라보았다. 연못 옆에 커다란 호두나무가 서 있다. 마을 주위에 펼쳐져 있는 호두나무 숲, 멀리서 숲을 둘러싸고 있는 회색빛 돌산. 그 모든 것들이 작은 새처럼 떨고 있는 나를 층층이 감싸 주는 듯했다.

방안에서 자다 깨다 하는 동안 오후가 지나갔다. 서쪽 하늘에 퍼진 주홍빛 노을이 창가를 물들일 때 방을 나섰다. 챙 넓은 모자를 눌러쓰고, 팔에 하늘색 토시를 낀 아이다이가 장갑 낀 손으로 호미를 쥐고서 꽃밭의 흙을 파헤치며 풀을 뽑고 있었다.

— 일어나셨군요! 저기 앉으세요.

아이다이가 일어나서 이마의 땀을 닦으며 꽃밭 옆에 있는 지붕 덮인 평상을 가리켜 보이고는 옆 건물로 갔다. 평상 위에 자두, 천도복숭아, 딸기, 청포도가 수북이 담겨 있는 접시와 과자, 빵, 케이크, 딸기쨈, 버터, 빵, 사탕, 초콜릿, 설탕이 담긴 크고 작은 그릇들이 오밀조밀 차려져 있었다.

— 곧 차를 가져올 테니까 거기 앉아 계세요. 전 이거 좀 마저 하고."

아이다이가 모자를 고쳐 쓰고 다시 앉아서 호미를 집어 들었다. 잡초를 뽑다가 일어나 내가 앉아 있는 평상을 들여다보더니 다시 주방으로 들어갔다. 잠시 후 아이다이가 어려 보이는 여자 종업원을 데리고 왔다. 그녀는 늑장을 부리다가 다그침을 받은 듯 뾰로통한 표정으로 쟁반에 담아온 찻주전자를 내려놓고 갔다. 아이다이는 화가 난 표정으로 그녀의 뒷모습을 보며 답답하다는 듯 내게 두 팔을 들어 보이고 다시 호미를 잡았다. 햇볕을 받으며 일을 해서 그런지, 화가 나서 그런지 붉게 달아오른 얼굴로 호미질하는 모습이 가냘프고 나긋나긋해 보이던 첫인상과 달랐다. 일을 마친 아이다이가 호미를 평상 옆에 내려놓고 올라와 앉았다. 장갑을 벗고서 찻주전자를 만져 보더니 발딱 일어나서 다시 주방으로 갔다.

최서윤

조금 전보다 더 화가 난 표정의 종업원이 와서 아이다이가 매서운 눈길로 지켜보고 있는 가운데 찻주전자를 들고 갔다.

— 으쓱하지 않아서 데워 오라고 했어요.

이식쿨 호수가 따듯한 호수라며 '이식, 으쓱' 발음을 해보였던 아이다이가 그 단어를 사용했다. 차를 미적지근하게 내온 것을 매몰차게 야단쳐 다시 내오게 하는 것을 보면서 엄마 생각을 했다. 나와 올케 언니가 상을 차려 내오면 국이나 찌개를 뜨끈하게 덥히라고 나무라던 모습이었다. 나와 마주 앉은 아이다이는 다시 우아한 미소를 띤 여대생이 되었다.

— 잠시 후에 저녁 차려 올게요.

— 또 먹어? 이거면 됐는데.

아이다이가 정색을 하고서 저녁을 먹어야 한다며 배가 부르면 간단하게 차려 오겠다고 했다. 어머니와 그녀는 내가 잘 때 먹었지만 나를 대접하기 위해서 조금씩 담아 오겠다고 했다.

해가 지고 검푸름이 짙어진 하늘 밑에서 서늘한 바람이 불었다. 잠시 후 종업원이 고추기름으로 맛을 낸 국물에 굵은 면발과 고기, 야채가 담긴 라그만을 쟁반에 받쳐 들고 왔다. 뒤따라오는 아이다이 쟁반에는 보드카, 사과주스, 잔이 올려져 있었다. 아이다이가 쟁반을 내려놓고 어머니를 모시고 오겠다며 주방 건너편 별채로 갔다. 찬바람 때문에 낮에 입었던 갈색 원피스 위에 검은색 니트를 걸친 노부인이 아이다이와 함께 왔다.

— 다바이째(건배)!

노부인이 보드카 잔을 들고 말했다. 내가 마신 잔을 내려놓자 곁에 앉아 있는 아이다이가 사과주스를 따라 주었다. 노부인은 다시 보드카 잔을 채워 주었다. 모녀가 나란히 앉아서 번갈아 가며 따라 주는 보드카와 사과주스를 홀짝홀짝 마시던 나는 알초폰 대신 그녀의 어린 남매를 돌봐주는 노부인에게 친근감을 느끼며 또다시 엄마 생각이 났다.

― 저는 어머니와 많은 시간을 보내지 못했어요. 어머니는 늘 기다리셨는데…. 이제는 기다리는 엄마가 없어요.

손등으로 눈물을 닦으며 말하자 노부인이 술잔을 들고 말했다.

― 보드카가 아픈 마음을 날려 줍니다, 다바이쩨.

어머니의 조문객을 받는 마지막 밤에 나는 먼 나라에 있었다. 오늘 처음 만난 두 사람, 어머니 얼굴도 모르는 이국의 여인들이 나와 같이 눈물을 흘리고 있는 곳이 지상을 벗어난 곳 같았다. 누군가 나를 연극 무대 위에 올려놓은 건가? 꿈이었으면! 소용돌이치는 취기 밑에서 올라오는 현실감을 외면하고 싶었다. 그때마다 술잔을 비웠다. 노부인이 빈 잔을 채워 주었다.

눈이 부셔서 잠이 깼다. 창밖이 환했다. 일어나서 물을 마시고 창가로 갔다. 마당에 외등을 켜놓은 줄 알았는데 달빛이었다. 호두나무 위에 뜬 보름달이 환했다.

'엄마다!'

지상의 어머니가 하늘의 달이 되었다는 생각이 동심원처럼 퍼져 나가며 가슴이 따듯해졌다. 얼떨떨해하며 이게 뭐지 헤아린

최서윤

것은 얼마간 시간이 지난 뒤다.

낮에 자고 나서 마당에 내려갔을 때 아이다이가 풀 뽑는 것을 보며 어머니가 시골집에 도착해서 마당의 풀을 뽑던 모습을 떠올렸다. 종업원에게 호통치는 모습을 보면서도 엄마 생각을 했다. '달 같은'이라는 뜻을 가진 '아이다이' 이름 때문인가? 보름달을 가슴에 품은 내가, 의문을 품고 있는 또 다른 나를 납득시키기 위해서 여러 가지 설명을 해보았다. 압도하는 느낌에 비해 초라한 이성의 시도였다.

달빛이 전했다. 내 엄마는, 연못 안에서 흔들리는 달 속으로, 밤 공기에 퍼져 있는 꽃향기로, 고적한 여름밤 풀벌레 소리로, 사람들의 눈물 속으로 스며들었다고.

＊

택시 기사가 그의 임무는 거기까지라는 듯 돌아갔다. 저물녘에 여행가방과 함께 마나스 공항 앞에 남겨지자 두려웠다. 금요일 오후 이후 처음으로 혼자였다. 멀어져 가는 택시 꽁무니를 바라보며 지난 시간을 되돌리고 싶었다.

탑승 수속을 마치자 탈진할 듯 피곤했다. 그동안 비행기표를 구해서 돌아가는 것만이 중요했다. 그것이 해결되자 돌아갈 곳이 없다는 허탈감이 밀려들었다. 이제 세상에는 어머니만큼 간절히 나를 기다릴 사람이 없다.

여행을 좋아하는 나는 낯선 곳에서 두려움보다 설렘이 앞섰다.

― 어디서 도망구니를 잡아다 놓았나, 원! 어디를 그렇게 늘 간다간다 해.

어머니는 결혼 후에도, 아이를 낳고 나서도 친정에 아이를 맡겨놓고 여행을 떠나는 나를 바라보며 혀를 찼다. 일상에서 벗어나 새로운 곳으로 향하던 호기심이 다시는 일어날 것 같지 않았다. 돌아갈 곳을 잃은 자에게 여행이라는 사치는 주어지지 않을 것이다. 울다가 하늘을 원망하듯 고개를 쳐들었다. 천장을 향하던 시선이 벽을 가득 메우고 있는 벽화에 붙들렸다. 바닥에서부터 높은 천장 아래까지 들어찬 벽화에 전통 의상을 입고, 흰 모자를 쓴 긴 수염의 노인들이 기다란 파이프를 물고서 가부좌를 튼 채 구름처럼 떠 있었다. 그들 중앙에 흰옷을 입고, 하얀 두건을 쓴 여자가 아기를 안고서 호랑이 등에 앉아 있었다. 화면 전체에 깊은 침묵이 안개처럼 떠돌았다. 그림 속의 호랑이가 바깥세상을 향해 포효했다. 그래도 노인들과 여자 주변에 감도는 침묵과 고요가 흔들리지 않았다.

'엄마다!'

어젯밤 보름달을 보았을 때와 똑같은 느낌이 되살아났다.

어머니는 이제 힘없고 무력한 노인이 아니었다. 흰옷을 입은 엄마가 호랑이의 난폭성을 통제하고 있었다. 그림 속에서 신비로운 여자 품에 안긴 아기는 나다. 며칠 동안 엄마가 없으면 불안하던 어린 시절로 돌아갔던 내가 선녀의 딸이 되었다. 육체의 노쇠와 죽음을 초월한 어머니는 온갖 무서운 일이 일어나는 세상과 나 사이

최서윤

에 빗장으로 들어섰다.

　나는 갑작스런 충격 때문에 환상에 빠진 거라고 머리를 흔들었다. 이성적으로 따져 보아도 어머니의 보호벽은 여전했다. 죽음도 그 벽 안으로 들어왔다. 이제 어머니와 만날 수 있는 곳은 죽음밖에 없다. 나는 언젠가 죽음 앞에 설 때, 어머니의 환대를 떠올리겠다.